季羡林自选集

八大印章珍藏版

印章编号　6

赋 得 永 久 的 悔

李羡林

题目是韩小蕙女士出的，所以名之曰"赋得"。但文章是我心甘情愿作的，所以不是八股。

我为什么心甘情愿作这样一篇文章呢？一言以蔽之，题目出得好，不但夺我心，而且先获我心：我早就想写这样一篇东西了。

我已经到了望九之年。在过去的七八十年中，从乡下到城里；从国内到国外；从小学、中学、大学到洋研究院；从"老于学"到超过"人心所欲不踰距"，曲曲折折，坎坎坷坷，既走过阳关大道，也走过独木小桥；既经过"山重水复疑无路"，又看到"柳暗花明又一村"，喜悦与忧伤并驾，失望与希望齐飞，我的经历可谓荚荚。要讲后悔之事，那是俯拾即是。要选其中最深切、最真实、最难忘的悔，也就是永久的悔，那又是唾手可得，因为它片刻也没有离开过我的心。

我这永久的悔就是：不该离开故乡，离开母亲。

季羡林自选集

赋得永久的悔

季羡林 著

北京联合出版公司
Beijing United Publishing Co.,Ltd.

图书在版编目（CIP）数据

赋得永久的悔 / 季羡林著 . -- 北京：北京联合出
版公司，2024.7
（季羡林自选集）
ISBN 978-7-5596-7607-8

Ⅰ . ①赋… Ⅱ . ①季… Ⅲ . ①散文集 – 中国 – 当代
Ⅳ . ① I267

中国国家版本馆 CIP 数据核字 (2024) 第 083741 号

季羡林自选集：赋得永久的悔
季羡林　著

出　品　人：赵红仕
选 题 策 划：外图凌零
统　　　筹：徐蕙蕙
特 约 编 辑：康舒悦　刘　洋
责 任 编 辑：牛炜征
封 面 设 计：陶　雷
内 文 排 版：孟　迪

北京联合出版公司出版
（北京市西城区德外大街 83 号楼 9 层 100088）
北京联合天畅文化传播公司发行
武汉市盛宏源印务有限公司　新华书店经销
字数 178 千字　880 毫米 ×1230 毫米　1/32　7.75 印张
2024 年 7 月第 1 版　2024 年 7 月第 1 次印刷
ISBN 978-7-5596-7607-8
定价：42.00 元

代序 _____ 做真实的自己

◎ 季羡林

在人的一生中，思想感情的变化总是难免的。连寿命比较短的人都无不如此，何况像我这样寿登耄耋的老人！

我们舞笔弄墨的所谓"文人"，这种变化必然表现在文章中。到了老年，如果想出文集的话，怎样来处理这样一些思想感情前后有矛盾，甚至天翻地覆的矛盾的文章呢？这里就有两种办法。在过去，有一些文人，悔其少作，竭力掩盖自己幼年挂屁股帘的形象，尽量删削年轻时的文章，使自己成为一个一生一贯正确、思想感情总是前后一致的人。

我个人不赞成这种做法，认为这有点作伪的嫌疑。我主张，一个人一生是什么样子，年轻时怎样，中年怎样，

1

老年又怎样，都应该如实地表达出来。在某一阶段上，自己的思想感情有了偏颇，甚至错误，绝不应加以掩饰，而应该堂堂正正地承认。这样的文章绝不应任意删削或者干脆抽掉，而应该完整地加以保留，以存真相。

在我的散文和杂文中，我的思想感情前后矛盾的现象，是颇能找出一些来的。比如对中国社会某一个阶段的歌颂，对某一个人的崇拜与歌颂，在写作的当时，我是真诚的；后来感到一点失望，我也是真诚的。这些文章，我都毫不加以删改，统统保留下来。不管现在看起来是多么幼稚，甚至多么荒谬，我都不加掩饰，目的仍然是存真。

像我这样性格的一个人，我是颇有点自知之明的。我离一个社会活动家，是有相当大的距离的。我本来希望像我的老师陈寅恪先生那样，淡泊以明志，宁静以致远，不求闻达，毕生从事学术研究，又决不是不关心国家大事，绝不是不爱国，那不是中国知识分子的传统。然而阴差阳错，我成了现在这样一个人。应景文章不能不写，写序也推托不掉，"春花秋月何时了，开会知多少"，会也不得不开。事与愿违，尘根难断，自己已垂垂老矣，改弦更张，只有俟诸来生了。

1995年3月18日

序二 _____ 我尊敬的国学大师

◎ 梁　衡

季羡林先生是我尊敬的国学大师，但他的贡献和意义又远在其学问之上。我尝问先生："你所治之学，如吐火罗文，如大印度佛教，于今天何用？"他肃然答道："学问不问有用无用，只问精不精。"其严谨的治学态度发人深省。此其一令人尊敬。先生学问虽专、虽深，然文风晓畅朴实，散文尤美。就是有关佛学、中外文化交流，甚至如《糖史》这些很专的学术论著也深入浅出，条分缕析。虽学富五车，却水深愈静，绝无一丝卖弄。此其二令人尊敬。先生以教授身份居校园凡六十年，然放眼天下，心忧国事。常忆季荷池畔红砖小楼，拜访时，品评人事，说到动人处，竟眼含热泪。我曾问之，最佩服者何人。答曰：

"梁漱溟。"又问再有何人。答曰:"彭德怀。"问其因,只为他们有骨气。联系"文化大革命"中,先生身陷牛棚,宁折不屈,士身不可辱,公心忧天下。此其三令人尊敬。

先生学问之衣钵,自有专业人士接而传之。然治学之志、文章之风、人格之美则应为学术界、全社会,尤其是青少年所学、所重。而这一切又都体现在先生的文章著作中。遂建议于先生全部著作中,选易普及之篇,面对一般读者,编一季文普及读本。于是有此选本问世,庶可体现初衷。

(梁衡,著名散文家。曾任国家新闻出版署副署长、人民日报社副总编辑)

序三 ____ 季羡林先生的道德文章

◎ 梁志刚

　　"季羡林自选集"丛书付梓在即，责编要求我写一篇序。初闻此言，颇感错愕：老朽何德何能，哪有资格为大师的文集作序？继而思之，季先生的同辈学人，已经渐去渐远，即使我的师兄师姐，也是寥若晨星。我作为先生的及门弟子和读者，同时还是先生传记的作者，谈点心得体会，作为引玉之砖，不但是必要的，而且是应该的。于是我鼓足勇气，写点一孔之见，与诸位读者交流。

　　说起季羡林先生的自选集，据我所知，最早是在1988年，北京师范学院出版社要求季先生自选精华，编成《季羡林学术论著自选集》。季先生从过去几十年所写的200万字的学术著作中，选出几十篇，还为这本集子写了自序。他发现，所选文章基本上都是考证方面的，这说明，自己的兴趣和能力即在于此。清代大文豪姚鼐说："天下学问之事，有义理、文章、考证三者之分，异趋而同为不可废。"

20世纪80年代中期以前，季羡林的治学主要是考证。他师承陈寅恪和瓦尔德施米特，认为考证是做学问的必由之路。至于考证的方法，他十分佩服并身体力行胡适提出的"大胆的假设，小心的求证"。他认为，过去批判这两句话，批判一些人，是在极左思想的支配下，以形而上学冒充辩证法来进行的。他反对把结论当成先验的真理，不许怀疑，只准阐释，代圣人立言，为经典作注。他认为这样只能使学术堕落。他说："我过去五六十年的学术活动，走的基本上是一条考证的道路。""考证要达到什么目的呢？无非是寻求真理而已。""什么叫真理？大家的理解也未必一致。有的人心目中的真理有伦理意义。我不认为是这样。我觉得，事情是什么样子，你就说它是什么样子。这是唯物主义，同时也是真理。"要想了解季羡林是如何考证、如何寻求真理的，请读一读本丛书中的《季羡林谈佛》。

季羡林曾经多次说"不喜欢义理"。可是在20世纪80年代中后期，他在"义理"的研究方面，投入了不少的精力，取得了可喜的成果。其原因是，他看到，西方文化引领世界数百年，给人类带来前所未有的利益，同时也造成了巨大的生存危机，诸如环境污染、人口爆炸、淡水不足、气候变暖、臭氧出洞、物种灭绝、战争频发、贫富差距扩大等等。他在思考人类的出路在哪里。当然不只是季羡林，世界上有些有识之士也在考虑同样的问题。英国的汤因比对人类文明的发展趋势进行了深刻的反思，日本的池田大作在考虑如何把"战争与暴力的世纪"改造成"和平与共生的世纪",并与季羡林展开隔空对谈。季羡林从中国古代圣贤那里受到启发,提出了"天人合一"的新解,主张人与自然和谐相处;在人与人、国与国的关系方面,主张和为贵,和而不同,建立和谐世界;在东西方文化关系方面,主张坚持"拿来",强调"送去",用东方的药,治西方的病;他提出"河东河西论",大胆预言:21世纪将是中国的世纪。这些,为建立人类命运共同体理念提供了理论支撑。我们这套丛书中的《季羡林谈国学》《季羡林谈东西方文化》无疑是其代表作品。

至于文章,季羡林先生是广受读者欢迎的散文大家。他笔耕七十余载,创作散文五百余篇,其中许多是脍炙人口、清新隽永的名篇。1980年香港文学研究社出版的《季羡林选集》和1986年北京大学出版社出版的《季羡林散文集》就是较早的散文自选集。在这前一本书的跋和后一本书的自序中,他详细介绍了自己的创作过程和"惨淡经营"的创作理念。此后,各家出版单位编辑出版的季羡林散文集可以说数不胜数。记得2006年初,有一家出版社找到我,要编一本季先生的学者散文。我去医院请示季先生,季先生说:"我的散文已经出了七八种,有的还没有经过我同意。这些书大同小异,你选这几篇,他选那几篇,重复的不少。这对读者不负责任。你不要凑这个热闹。人家不编的,你编。"本套丛书大多是散文。对季先生的散文,方家评论多矣,我这里只引用林江东的评语——"季先生散文的特点是:在朴实中蕴含着优美,在静穆中饱含着热情,在飘逸秀丽中不失遒劲和锋刃,在淳朴亲切的娓娓道来中给人以强烈的震撼,在诙谐隽永的语言中蕴含着深刻的人生哲理,在行云流水般的字里行间凸显先生的人格魅力。"我认为此言不虚,读季先生的散文,确实是一种美的享受。

季羡林先生是著名翻译家,他的译著在三十卷《季羡林全集》中占三分之一。1994年初,中国工人出版社出版了一本季羡林译著自选集。季羡林为这本《沙恭达罗——中国翻译名家自选集·季羡林卷》写了篇小引,提出了一个十分重要的原则,"不改少作,意在存真"。他说:"除了明显的错误或者错排,其余的我一概不加改动,意在存真,给历史留下些真实的影子。有的作家到了老年拼命改动自己青年和中年时代的文章,好像一个老年人想借助美容院之力把自己修饰得返老还童。我认为此举不足取。"季羡林先生是这样说的,也是这样做的。他的《清华园日记》和早年许多著述,都是以本来面目示人。令人欣喜的是,本套丛书的编者,严格遵循作者的本意,不辞辛劳追根溯源,坚决剔除某些版本的不当修饰,奉献给读者的是季先生的原玉。

季羡林先生走了,留给我们丰厚的精神遗产。印刷机轰鸣,指示灯闪烁,一套新书很快就要和读者见面了。这套书里的文章是季先生亲自挑选,出版社精心打造的;是值得认真品读,值得珍藏,传诸后世的。季羡林说:"我的工作主要是爬格子。几十年来,我已经爬出了上千万的字。这些东西都值得爬吗?我认为是值得的。我爬出的东西不见得都是精金粹玉,都是甘露醍醐,吃了能让人升天成仙,但是其中绝没有毒药,绝没有假冒伪劣,读了以后至少能让人获得点享受,能让人爱国、爱乡、爱人类、爱自然、爱儿童,爱一切美好的东西。总之一句话,能让人在精神境界中有所收益。"

季羡林被评为"感动中国"2006年度人物,评委们称赞他是

"中国现代知识分子的一面旗帜和榜样"。他是如何做到的呢？在人生的最后岁月，季羡林考虑最多的是和谐。他对《人民日报》的记者说："要想达到个人和谐的境界，需要具备两个条件，良知和良能。知是认识，能是本领。良知是基础，良能是保障，两者缺一不可。知行合一，天人合一，方能和谐。良知是什么？概括起来就是八个字——爱国、孝亲、尊师、重友，这在中国传统文化中都有。一个人如果做到了这一点，就可以说他是个人和谐了，而每一个人都和谐了，那整个社会也就和谐了。"至于良能是什么，季羡林没有说。窃以为，从事不同的行业，良能当各有特色。而对学者与教师而言，季羡林为聊城大学题写的校训"敬业、博学、求实、创新"似可概括。良知和良能的完美结合，季羡林不仅是倡导者，而且是模范的实践者。限于篇幅，我不能展开讲，只能扼要说说。

说到爱国，这是中国知识分子的传统。季羡林先生提倡的爱国，是具有世界眼光的爱国，是和国际主义相统一的爱国，不是义和团式的"爱国"。那样的"爱国"其实是害国。1931年"九一八"事变后，20岁的季羡林和清华同学躺在铁轨上拦火车，去南京请愿要求政府出兵抗日；1942年，德国当局承认汪伪政权，季羡林和张维等留学生坚决反对汉奸政府，他们不顾生死，宣布自己"无国籍"；朝鲜战争爆发后，他积极签名，捐献稿费支援抗美援朝。他的爱国，更多表现在实际工作中，融汇在本职岗位的敬业里。20世纪80年代，他担任中国敦煌吐鲁番学会会长，针对"敦煌在中国，敦煌学在日本"的说法，响亮地提出"敦煌在中国，敦煌学在世界"的口号，带领我国敦煌学者与国际学术界密切合作开展敦煌学研究，取得了骄人的业绩，他本人更是在耄耋之年学术冲刺，完成了《糖史》和《吐火罗文 A(焉耆文)〈弥勒会见记剧本〉译释》两部顶尖的科学巨著，为祖国争得了荣誉。季羡林的爱国，还表现在他深谙"天下兴亡，匹夫有责"的道理，针对那场给国家民族带来巨大灾难的十年浩劫，他主张总结亿金难买的深刻教训，绝不允许悲剧重演。他用自己的切身经历，和着血和泪写成《牛棚杂忆》，一时令"洛阳纸贵"。他还发出振聋发聩的四问，不仅震撼国人心灵，而且展现了一个有良知者对祖国的拳拳赤子之心。

季羡林提倡尊师，是以爱生为前提的。作为北京大学的资深教授，季羡林对学生如亲人，他为新生看行李的故事，几乎尽人皆知。我再说几件不那么家喻户晓的事。1964 年新生入学，季羡林到男生宿舍看望新生，他看见盥洗室水槽里放着几个瓦盆，就问："怎么把尿盆放在这里？"我怯怯地说了句："不是尿盆。"季先生没有再说什么，第二天，系学生会通知：季先生自掏腰包买了二十个搪瓷脸盆，没有脸盆的同学可以来领。我虽然没有去领盆，但心里暖暖的。1980 年海淀区人民代表选举，中文系一名女学生自荐参加竞选，结果代表没有选上，反遭大字报围攻。季副校长知道这名同学承受着巨大压力，吩咐身边工作人员暗中呵护，以免发生不测。1985 年新生入学，一位从广东农村来的同学没有带被褥和棉衣，季先生发动老师们为他捐钱捐布票置办被褥，还找出自己的旧棉袄给他御寒。同学们都知道，季先生学问好，人更好，所以他深受学生的爱戴和崇敬。

季羡林先生为学为人都达到了很高的境界，绝非偶然。我们读他怀念师友的文章，可清楚地发现，他从恩师陈寅恪、汤用彤、胡适和瓦尔德施米特、西克、哈隆身上传承了什么，还有鞠思敏、王寿彭、胡也频、董秋芳、吴宓、朱光潜等对他的影响和帮助，原来他是站在大师的肩膀上啊！

读季先生的书，不难看出，他一生走过曲折的路。回国后的三十多年，他是在战争和一个接一个的运动中度过的。在极左乌云压城的时候，运动来了，他不停地检讨自己"智育第一、业务至上"的"修正主义"，运动一过，就"死不悔改、我行我素"。有人会说，这是典型的"人格分裂"。我认为不是。中国的知识分子，像陈寅恪那样始终清醒的是凤毛麟角。大多数人都与季羡林遭遇类似。我们要听其言，观其行。在高压下违心或诚心地检讨是"言"，是为了"过关"。而其行，坚持"死不悔改"，坚持业务至上，坚持教书育人，才是其良知使然。而且，季羡林死守一条底线，就是只检查自己，决不攻击他人，这才是更加难能可贵的。

不仅仅如此，有人问他，一生最敬佩什么人？他回答是彭德怀和梁漱溟，由此不难窥见他的风骨。季羡林晚年，致力于中华优秀传统文化的发掘和传承，他曾多次与人讨论"侠"和"士"的问题，可惜没有来得及写成文章。这样的文章只能由后人来写了。我相信我们这个伟大民族，一定能够出现越来越多造福人类的国侠和国士。

以上体会尽管浅陋，但是我的肺腑之言。遵照季先生吩咐，"假话全不说，真话不全说"，就此打住。我想重复一句季先生对我耳提面命的话，作为这篇序的结尾："记住，书好不好，读者说了算。"

2023年7月30日
于北京大兴

（梁志刚，季羡林的学生，《季羡林大传》作者）

目　录

第一辑 难忘这些人

一双长满老茧的手

　　有谁没有手呢？每个人都有两只手。手，已经平凡到让人不再常常感觉到它的存在了。

　　然而，一天黄昏，当我乘公共汽车从城里回家的时候，一双长满了老茧的手却强烈地引起了我的注意。我最初只是坐在那里，看着一张晚报。在有意无意之间，我的眼光偶尔一滑，正巧落在一位老妇人的一双长满老茧的手上。我的心立刻震动了一下，眼光不由得就顺着这双手向上看去：先看到两手之间的一个胀得圆圆的布包，然后看到一件洗得挺干净的褪了色的蓝布褂子，再往上是一张饱经风霜布满了皱纹的脸，长着一双和善慈祥的眼睛，最后是包在头上的白手巾，银丝般的白发从里面披散下来。这一切都给了我极好的印象。但是给我印象最深的还是那一双长满了老茧的手，它像吸铁石一般吸住了我的眼光。

　　老妇人正在同一位青年学生谈话，她谈到她是从乡下来看她在北京读书的儿子的，谈到乡下年成的好坏，谈到来到这里人生地疏，感谢青年对她的帮助。听着她的话，我不由深深地陷入回忆中，几十年的往事蓦地涌上心头。

　　在故乡的初秋，秋庄稼早已经熟透了，一望无际的大平原上长满了谷子、高粱、老玉米、黄豆、绿豆等等，郁郁苍苍，一片绿色，里面点缀着一片片的金黄和星星点点的浅红和深红。虽然暑热还没有退尽，秋的气息已经弥漫大地了。

　　我当时只有五六岁，高粱比我的身子高一倍还多。我走进高粱地，就像是走进大森林，只能从密叶的间隙看到上面的蓝天。我天天早晨在朝露未退的时候到这里来擗高粱叶。叶子上的露水像一颗颗的珍珠，闪出淡白的光。把眼睛凑上去仔细看，竟能在里面看到自己的缩得像一粒芝麻那样小的面影，心里感到十分新鲜有趣。老玉米也比我高得多，必须踮起脚才能摘到棒子。谷子同我差不多高，现在都成熟了，风一吹，就涌起一片金浪。只有黄豆和绿豆比我矮，我走在里面，觉得很爽朗，一点也不闷气，颇有趾高气扬之概。

　　因此，我就最喜欢帮助大人在豆子地里干活。我当时除了跟大奶奶去玩以外，总是整天缠住母亲，她走到哪里，我跟到哪里。有时候，在做午饭以前，她到地里去摘绿豆荚，好把豆粒剥出来，拿回家去煮午饭。我也跟了来。这时候正接近中午，天高云淡，蝉声四起，蝈蝈儿也爬上高枝，纵声欢唱，空气中飘拂着一股淡淡的草香和泥土的香味。太阳晒到身上，虽然还有点热，但带给人暖烘烘的舒服的感觉，不像盛夏那样令人难以忍受了。

　　在这时候，我的兴致是十分高的。我跟在母亲身后，跑来跑去。捉到一只蚂蚱，要拿给她看一看；掐到一朵野花，也要拿给她看一看。棒子上长了乌霉，我觉得奇怪，一定问母亲为什么；有的豆荚生得短而粗，也要追问原因。总之，这一片豆子地就是我的乐园，我说话像百灵鸟，跑起来像羚羊，腿和嘴一刻也不停。干起活来，更是全神贯注，总想用最高的速度摘下最多的绿豆荚来。但是，一检查成绩，却未免令人气短：母亲的筐子里已经满了，而自己的呢，连一半还不到哩。在失望之余，就细心加以观察和研究。不久，我就发现，这里面也并没有什么奥妙，关键就在母亲那一双长满了老茧的手上。

这一双手看起来很粗，由于多年劳动，上面长满了老茧，可是摘起豆荚来，却显得十分灵巧迅速。这是我以前没有注意到的事情。在我小小的心灵里不禁有点困惑。我注视着它，久久不愿意把眼光移开。

我当时岁数还小，经历的事情不多。我还没能把许多同我的生活有密切联系的事情都同这一双手联系起来，譬如说做饭、洗衣服、打水、种菜、养猪、喂鸡，如此等等。我当然更没能读到"慈母手中线，游子身上衣"这样的诗句。但是，从那以后，这一双长满了老茧的手却在我的心里占据了一个重要的地位，留下了一个不可磨灭的印象。

后来大了几岁，我离开母亲，到了城里跟叔父去念书，代替母亲照顾我生活的是王妈，她也是一位老人。

她原来也是乡下人，干了半辈子庄稼活。后来丈夫死了，儿子又逃荒到关外去，二十年来，音讯全无。她孤苦伶仃，一个人在乡里活不下去，只好到城里来谋生。我叔父就把她请到我们家里来帮忙。做饭、洗衣服、扫地、擦桌子，家里那一些琐琐碎碎的活全给她一个人包下来了。

王妈除了从早到晚干那一些刻板工作以外，每年还有一些带季节性的工作。每到夏末秋初，正当夜来香开花的时候，她就搓麻线，准备纳鞋底，给我们做鞋。干这活都是在晚上。这时候，大家都吃过了晚饭，坐在院子里乘凉，在星光下，黑暗中，随意说着闲话。我仰面躺在席子上，透过海棠树的杂乱枝叶的空隙，看到夜空里眨着眼的星星。大而圆的蜘蛛网的影子隐隐约约地印在灰暗的天幕上。不时有一颗流星在天空中飞过，拖着长长的火焰尾巴，只是那么一闪，就消逝到黑暗里去。一切都是这样静。在寂静中，夜来香正散发着浓烈的香气。

这正是王妈搓麻线的时候。干这个活本来是听不到多少声音的。然而现在那揉搓的声音却听得清清楚楚。这就不能不引起我的注意了。我转过身来，侧着身子躺在那里，借着从窗子里流出来的微弱的灯光，看着她搓。最令我吃惊的是她那一双手，上面也长满了老茧。这一双手看上去拙笨得很，十个指头又短又粗，像是一些老干树枝子。但是，在这时候，它却显得异常灵巧美丽。那些杂乱无章的麻在它的摆布下，服服帖帖，要长就长，要短就短，一点也不敢违抗。这使我感到十分有趣。这一双手左旋右转，只见它搓呀搓呀，一刻也不停，仿佛想把夜来香的香气也都搓进麻线里似的。

这样一双手我是熟悉的，它同母亲的那一双手是多么相像呀。我总想多看上几眼。看着看着，不知道在什么时候，竟沉沉睡去了。到了深夜，王妈就把我抱到屋里去，同她睡在一张床上。半夜醒来，还听到她手里拿着大芭蕉扇给我赶蚊子。在朦朦胧胧中，扇子的声音听起来好像是从很远很远的地方传来似的。

去年秋天，我随着学校里的一些同志到附近乡村里一个人民公社去参加劳动。同样是秋天，但是这秋天同我五六岁时在家乡摘绿豆荚时的秋天大不一样。天仿佛特别蓝，草和泥土也仿佛特别香，人的心情当然也就特别舒畅了。因此，我们干活都特别带劲。人民公社的同志们知道我们这一群白面书生干不了什么重活，只让我们砍老玉米秸。但是，就算是砍老玉米秸吧，我们干起来，仍然是缩手缩脚，一点也不利落。于是一位老大娘就走上前来，热心地教我们：怎样抓玉米秆，怎样下刀砍。在这时候，我注意到，她也有一双长满了老茧的手。我虽然同她素昧平生，但是她这一双手就生动地具体地说明了她的历史。我用不着再探询她的姓名、身世，还有她现在在公社所担负的职务。我一看到这一双手，一想到母亲和王妈的同样的手，我对她的感情就油然而生，而且肃然起敬，再说什么别的话，似乎就是多余的了。

就这样，在公共汽车行驶声中，我的回忆围绕着一双长满了老茧的手联成一条线，从几十年前，一直牵到现在，集中到坐在我眼前的这一位老妇人的手上。这回忆像是一团丝，愈抽愈细，愈抽愈多。它甜蜜而痛苦，错乱而清晰。在我一生中给我印象最深的三双长满了老茧的手，现在似乎重叠起来化成一双手了。它在我眼前不停地晃动，体积愈来愈扩大，形象愈来愈清晰。

这时候，老妇人同青年学生似乎发生了什么争执。我抬头一看，老妇人正从包袱里掏出来了两个煮鸡蛋，硬往青年学生手里塞，青年学生无论如何也不接受。两个人你推我让，正在争执得不可开交的时候，公共汽车到了站，蓦地停住了。青年学生就扶了老妇人走下车去。我透过玻璃窗，看到青年学生用手扶着老妇人的一只胳臂，慢慢地向前走去。我久久注视着他俩逐渐消失的背影。我虽然仍坐在公共汽车上，但是我的心却仿佛离我而去。

1961年9月25日

塔什干的一个男孩子

塔什干毕竟是一个好地方。按时令来说，当我们到了这里的时候，已经是秋天，淡红淡黄斑驳陆离的色彩早已涂满了祖国北方的山林；然而这里还到处盛开着玫瑰花，而且还不是一般的玫瑰花——有的枝干高得像小树，花朵大得像芍药、牡丹。

我就在这样的玫瑰花丛旁边认识了一个男孩子。

我们从城外的别墅来到市内，最初并没有注意到这一个小男孩。在一个很大的广场里，一边是纳瓦依大剧院，一边是为了招待参加亚非作家会议各国代表而新建的富有民族风味的塔什干旅馆，热情的塔什干人民在这里聚集成堆，男女老少都有。在这样一堆堆的人群里，一个普普通通的小孩子怎么能引起我们的注意呢？

但是，正当我们站在汽车旁边东张西望的时候，忽然听到细声细气的儿童的声音，说的是一句英语："您会说英国话吗？"我低头一看，才看到一个十二三岁的小男孩。他穿了一件又灰又黄带着条纹的上衣，头发金黄色，脸上稀稀落落有几点雀斑，两只蓝色的大眼睛一闪忽一闪忽的。

这个小孩子实在很可爱，看样子很天真，但又似乎懂得很多的东西。虽然是个男孩，却又有点像女孩，羞羞答答，欲进又退，欲说又止。

我就跟他闲谈起来。他只能说极简单的几句英国话，但是也能把自己的意思表达出来。他告诉我，他的英文是在当地的小学里学的，才学了不久。他有一个通信的中国小朋友，是在广州。他的中国小朋友曾寄给他一个什么纪念章，现在就挂在他的内衣上。说着他就把上衣掀了一下。我看到他内衣上的确别着一个圆圆的东西。但是，还没有等我看仔细，他已经把上衣放下来了。仿佛那一个圆圆的东西是一个无价之宝，多看上两眼，就能看掉一块似的。我可以很清楚地看到，这一个看来极其平常的中国徽章在他的心灵里占着多么重要的地位；也可以看到，中国和他的那一个中国小朋友，在他的心灵里占着多么重要的地位。

我同这一个塔什干的男孩子第一次见面，从头到尾，总共不到五分钟。

跟着来的是极其紧张的日子。

在白天，上午和下午都在纳瓦依大剧院里开会。代表们用各种不同的语言发言，愤怒控诉殖民主义的罪恶。我的感情也随着他们的感情而激动，而昂扬。

一天下午，我们正走出塔什干旅馆，准备到对面的纳瓦依大剧院里去开会。同往常一样，热情好客的塔什干人民，又拥挤在这一个大广场里，手里拿着笔记本，或者只是几张白纸，请各国代表签名。他们排成两列纵队，从塔什干旅馆起，几乎一直接到纳瓦依大剧院，说说笑笑，像过年过节一样。整个广场成了一个欢乐的海洋。

我陷入夹道的人堆里，加快脚步，想赶快冲出重围。

但是，冷不防，有什么人从人丛里冲了出来，一下子就把我抱住了。我吃了一惊，定神一看，眼前站着的就是那一个我几乎已经完全忘记了的小男孩。

也许上次几分钟的见面就足以使得他把我看作熟人。总之，他那种胆怯羞涩的神情现在完全没有了。他拉住我的两只手，满脸都是笑容，仿佛遇到了一个多年未见十分想念的朋友和亲人。

我对这一次的不期而遇也十分高兴。我在心里责备自己："这样一个小孩子我怎么竟会忘掉了呢？"但是，还有人等着我一块走，我没有法子跟他多说话，在又惊又喜的情况下，一时也想不起说什么话好。他告诉我："后天，塔什干的红领巾要到大会上去献花，我也参加。"我就对他说："那好极了。我们在那里见面吧！"

我倒是真想在那一天看到他的。第二次的见面，时间比第一次还要短，大概只有两三分钟。但是我却真正爱上了这一个热爱中国热爱中国人民的小孩子。我心里想：第一次见面是不期而遇，我没有能够带给他什么东西当作纪念品；第二次见面又是不期而遇，我又没有能够带给他什么东西当作纪念品。我心里十分不安，仿佛缺少了什么东西，有点惭愧的感觉。

跟着来的仍然是极其紧张的日子。

大会开到了高潮，事情就更多了。但是，我同那个小孩子这一次见面以后，我的心情同第一次见面后完全不同了。不管我是多么忙，也不管我在什么地方，我的思想里总常常有这个小孩子的影子。它几乎霸占住我整个心。我把所有的希望都寄托在他要到大会上去献花的那一天上。

那一天终于来到了。气氛本来就非常热烈的大会会场，现在更热烈了。成千成百的男女红领巾分三路涌进会场的时候，全场响起了雷鸣般的掌声。一队红领巾走上主席台给主席团献花。这一队红领巾里面，男孩女孩都有。最小的也不过五六岁，还没有主席台上的桌子高；但也站在那里，很庄严地朗诵诗歌；头上缠着的红绿绸子的蝴蝶结在轻轻地摆动着。主席台上坐着来自三四十个国家的代表团的团长，他们的语言不同，皮肤颜色不同，宗教信仰不同，社会制度不同；但是现在都一齐站起来，同小孩子握手拥抱，有的把小孩子高高地举起来，或者紧紧地抱在怀里。对全世界来说，这是一个极有意义的象征，它象征着全世界爱好和平的人们的大团结。我注意到有许多代表感动得眼里含着泪花。

我也非常感动。但是我心里还记挂着一件事情：我要发现那一个塔什干的男孩。我特意带来了一张丝织的毛主席像，想送给他，好让他大大地高兴一次。我到处找他，挨个看过去，看了一遍又一遍。这些男孩的衣服都一样；女孩子穿着短裙子，男女小孩还可以分辨出来；但是，如果想在男小孩中间分辨出哪个是哪个，那就十分困难了。我看来看去，眼睛都看花了。我眼前仿佛成了一片红领巾和红绿蝴蝶结的海洋，我只觉得五彩缤纷，绚丽夺目。可是要想在这一片海洋里捞什么东西，却毫无希望了。一直等到这一大群孩子排着队退出会场，那一张有着金黄色的头发、上面长着两只圆而大的眼睛和稀稀落落的雀斑的脸，却无论如何也没有找到。

我真是从内心深处感到失望。但是我却是一点办法都没有。只怪我自己疏忽大意，既没有打听那一个男孩的名字，也没有打听他的住处、他的学校和班级。当我们第二次见面，他告诉我要来献花的时候，我丝毫也没有想到，我们竟会见不到面。现在想打听，也无从打听起了。

会议眼看就要结束了。一结束，我们就要离开这里。我一想到这一点，心里就焦急不堪。但是我也并没有完全放弃了希望。每一次走过广场的时候，我都特别注意向四下里看，我暗暗地想：也许会像我们第二次见面那样，那个男孩子会蓦地从人丛中跳出来，两只手抱住我的腰。

但是结果却仍然是失望。

会议终于结束了。第二天我们就要暂时离开这里，到哈萨克加盟共和国的首都阿拉木图去做五天的访问。在这一天的黄昏，我特意到广场上去散步，目的就是寻找那一个男孩子。

我走到一个书亭附近去，看到台子上摆满了书。亚非各国作家作品的俄文和乌兹别克文译本特别多，特别引人注目。有许多人挤在那里买书。我在那里站了一会儿，想在拥挤的人堆里发现那个男孩子。

我走到大喷水池旁。这是一个大而圆的池子，中间竖着一排喷水的石柱。这时候，所有的喷水管都一齐开放，水像发怒似的往外喷，一直喷到两三丈高，然后再落下来，落到墨绿的水池子里去。喷水柱里面装着红绿电灯，灯光从白练似的水流里面透了出来，红红绿绿，变幻不定，活像天空里的彩虹。水花溅在黑色的水面上，翻涌起一颗颗的珍珠。

我喜欢这一个喷水池，我在这里站了很久。但是我却无心欣赏这些红红绿绿的彩虹和一颗颗的白色珍珠；我是希望能够在这里找到那一个小孩子的。

我走到广场两旁的玫瑰花丛里去，这也是我特别喜欢的地方。这里的玫瑰花又高又大又多，简直数不清有多少棵。人走进去，就仿佛走进了一片矮小的树林子。在黄昏的微光中，碗口大的花朵颜色有点暗淡了，分不清哪一朵是黄的，哪一朵是红的，哪一朵又是红里透紫的。但是，芬芳的香气却比白天阳光普照下还要浓烈。我绕着玫瑰花丛走了几周，不管玫瑰花的香气是多么浓烈，我却仍然是醉翁之意不在酒，我是来寻找那一个男孩子的。

我当时就想到，我这种做法实在很可笑，哪里就会那样凑巧呢？但是我又不愿意承认我这种举动毫无意义。天底下凑巧的事情不是很多很多的吗？我为什么就一定遇不到这样的事情呢？我决不放弃这万一的希望。

但是，结果并不像想象的那样，我到处找来找去，终于怀着一颗失望的心走回旅馆去。

第二天，天还没有明，我们就乘飞机到阿拉木图去了。在这个美丽的山城里访问了五天之后，又在一天的下午飞回塔什干来。

我们这一次回来，只能算是过路，第二天天一亮，我们就要离开这里了。这一次离开同上一次不一样，这是真正的离开。

这一次我心里真正有点急了。

吃过晚饭，我又走到广场上去。我走近书亭，上面写着人名书名的木牌还立在那里。我走过喷水池，白练似的流水照旧泛出了红红绿绿的光彩。我走过玫瑰花丛，玫瑰在寂寞地散放着浓烈的香气。我到处徘徊流连，我是怀着满腔依依难舍的心情，到这里来同塔什干和塔什干人民告别的。

实在出我意料，当我走回旅馆的时候，我从远处看到旅馆门口有几个小男孩挤在那里，向里面探头探脑。我刚走上台阶，一个小孩子一转身，突然扑到我的身边来：这正是我已经寻找了许久而没有找到的那一个男孩。这一次的见面带给他的喜悦，不但远非第一次见面时的喜悦可比，也绝非第二次见面时他的喜悦可比。他紧紧地抓住我的双手，双脚都在跳；松了我的手，又抱住我的腰，脸上兴奋得一片红，连气都喘不上来了。

他断断续续地告诉我，他是来找我的，过去五天，他天天都来。

"你怎么知道我还在这里呢？"

"我猜您还在这里。"

"别的代表都已经走了，你这猜想未免太大胆了。"

"一点也不大胆，我现在不是找到您了吗？"

我大笑起来，不得不承认他是对的。

这是一次在濒于绝望中的意外的会见。中国旧小说里有两句话——"踏破铁鞋无觅处，得来全不费工夫"，并不能写出我当时的全部心情；"蓦然回首，那人却在，灯火阑珊处"，也只能描绘出我的心情的一小部分。我从来不相信世界上会有什么奇迹；现在我却感觉到，世界上毕竟是有奇迹的，虽然我对这一个名词的理解同许多人都不一样。

我当时十分兴奋，甚至有点慌张。我说了声："你在这里等我，不要走！"就跑进旅馆，连电梯也来不及上，飞快地爬上五层楼，把我早已经准备好了的礼物拿下来，又跑到餐厅里找中国同志要毛主席纪念章，然后匆匆忙忙地跑出去。我送给那一个男孩子一张织着天安门的杭州织锦和一枚毛主席像的纪念章，我亲手给他别在衣襟上。同他在一块的三四个男孩子，我也在每个人的衣襟上别了一枚毛主席像的纪念章。这一些孩子简直像一群小老虎，一下子扑到我身上来，搂住我的脖子，在我脸上使劲地亲吻。在惊慌失措中，我清清楚楚地听到清脆的吻声。

我现在再不能放过机会了，我要问一下他的姓名和住址。他就在我的笔记本上写了：谢尼亚·黎维斯坦。我们认识了也好多天了。在这临别的一刹那，我才知道了他的名字。我叫了他一声："谢尼亚！"心里有说不出的感觉。只写了姓名和地址，他似乎还不满意，他又在后面加上了几句话：

> 我永远也不会忘记您，亲爱的季美林！希望您以后再回到塔什干来。再见吧，从遥远的中国来的朋友！
>
> 　　　　　　　　　　　　　　　　　　　　谢尼亚

有人在里面喊我，我不得不同谢尼亚和他的小朋友们告别了。

因为过于兴奋，过于高兴，我在塔什干最后的一夜又是一个失眠之夜。我翻来覆去地想这一次奇迹似的会见。这一次会见虽然时间仍然不长，但是却很有意义。在我这方面，我得到机会问清楚这个小孩子的姓名和地址，以便以后联系；不然的话，他就像是一滴雨水落在大海里，永远不会再找到了。在小孩子方面，他找到了我，在他那充满了对中国的热爱的小小的心灵里，也不会永远感到缺了什么东西。这十几分钟会见的意义是无法用言语表达的。

想来想去，无论如何再也睡不着。我站起来，拉开窗幔：对面纳瓦依大剧院的霓虹灯还在闪闪发光。广场上只有稀稀落落的几个人影。那一丛丛的玫瑰花的确是看不清楚了；但是，根据方向，我依然能够知道它们在什么地方；我也知道，在黑暗中，它们仍然在散发着芬芳浓烈的香气。

1961年7月5日

在兄弟们中间

　　一走下飞机，从空中下望给我留下的那美丽的印象在眼前还没有消逝，耳旁又听到了阿尔及利亚的朋友们亲切地喊我们"中国兄弟"的声音。我的心立刻热了起来，我知道：我们是来到了一个美丽的国家，一个兄弟的国家，一个英雄的国家；我们将要生活在兄弟们中间、英雄们中间了。

　　是的，我们确实是生活在兄弟们中间。在七天的访问中，我们走过许多地方：首都阿尔及尔、革命名城君士坦丁、美丽的海滨城市奥兰，都留下了我们的游踪。我们接触过许多人：从政府领导人、人民军军官、大学校长、大学教授、中学教员、工人、农民，一直到"儿童之家"七八岁、十几岁的小孩子，每个人对我们都有一双温暖的手、一脸像和煦的春风般的笑容。有时候，我们谈得很多、很长；但是有时候，也谈得很少、很短，甚至于一句不说。不管怎样，我们好像彼此都了解得很深、很透。在一个简单的微笑里，我们也仿佛能够看到彼此的心。

我们永远不能忘记君士坦丁的"儿童之家"。当我们踏着黄昏的微光走进去的时候，到处都静悄悄的，几乎连个人影都看不到。我们心里有一点吃惊。但是，一走进一间大教室，蓦地有一片强烈的灯光、一阵豪迈的歌声，迎面向我们扑来。几百个儿童整整齐齐地站在那里，高声齐唱欢迎我们的歌曲。在独立以前，这些儿童有的在街上给人擦皮鞋，有的拾破烂，有的到处流浪；现在政府把他们收容起来，给他们准备了这样好的学习和生活的地方。其中还有一些烈士的子弟，他们的父亲或哥哥为国家牺牲了；政府也把他们收容到这里来。中国人民和阿尔及利亚人民的友情，他们是经常听老师说到的。今天竟然亲眼看到中国伯伯叔叔们站在眼前。于是，他们小小的心灵里那一团对中国的热爱，那一团对今天生活的幸福的感情，一股脑儿随着歌声迸发了出来。他们越唱声音越高，心情越激动。盘腿坐在木头台子上的民间音乐家，这时也挥舞着双手，弹奏起民间乐曲来。歌声、乐声交织在一起，像疾风，像骤雨，像爆发了的火山，里面充满了友情与幸福的感觉，充满了信心与希望。整个教室沉浸在一团大欢乐中。校长告诉我们，他们准备这样唱下去，一直唱到天明；他们无论如何也不放弃同中国兄弟在一起的机会，哪怕只是一秒钟。我们也真想在这里待到天明。但是，事实上这是不可能的。过了中夜，我们只好怀着恋恋不舍的心情离开了这里。

我们也永远不能忘记阿尔及尔的"青年中心"。我们来到的时候，男女学员们在门口手执鲜花列队欢迎。掌声响彻晴朗的天空。以后，国家指导部的领导人和本校的领导人陪我们参观。教室、会议室、宿舍、健身房、厨房、餐厅，好像什么地方我们都参观到了。我们走到什么地方，掌声就跟我们到什么地方，而且是越来越响。当我们到餐厅去吃饭的时候，掌声之外，又加上了歌声，一片喜洋洋的节日气氛。

在陪我们参观的一大群人中间，有一个十岁左右的小男孩，两只黑亮的大眼睛，闪闪发光。最初我们还没有十分注意到他。但是，整个下午，我们走到什么地方，什么地方就看到他那一双闪闪发亮的大眼睛，突然从桌子后面，或者从大人的身后露了出来。这当然就引起了我们的注意。问他的名字，他就把自己的名字写在我的小本子上：穆斯塔发。他父亲告诉我们，小穆斯塔发听说中国叔叔要来参观，欢喜得直蹦直跳，一定要带着照相机跟中国叔叔在一起照一张相片。我们听了，心里很抱歉：为什么不早了解一下这一个小朋友的心事呢？我们赶快站好，让穆斯塔发站在我们前面，照了一张相。我又拿出来了一支钢笔，给他别在上衣的小口袋里。这显然有点出他的意料。他一会儿把钢笔拿在手里，仔细地观察研究；一会儿又把它别在口袋里，还用手在外面拍一拍，好像这是一件无价之宝。他父亲笑着说："你别看他现在不说话，赶明儿到了学校里，对着同学，拿出这一支中国钢笔，他还不知道吹些什么哩。"小穆斯塔发只是抿嘴一笑，并不说什么；但好像同我们交上了朋友，他再也不离开我们，一直跟我们到餐厅，共同听那些动人心魄的歌声。到了半夜，我们离开那里的时候，我们还看到那一双大眼睛在黑暗中闪闪发光。

　　像这样的事情是说也说不完的。我们真像是沉入兄弟情谊的海洋里了。

　　但是，同时我们也确实是生活在英雄们中间。天天陪我们的人，我们天天见到的人，都是真诚、淳朴、平易近人的。在他们身上丝毫也看不出有什么特异之处。但是，如果一追问他们的身世，你就会不由自主地感到敬佩。他们有的曾手执武器，同敌人在战场上搏斗；有的曾在城市里做地下工作，在大街小巷中同敌人捉迷藏；有的曾越过层层的封锁给游击队运送弹药；有的曾在敌人的监狱中度过了漫长的岁月。尽管他们都很年轻，但是每个人都有一段不平常的可泣可歌的经历。都是烈火中锻炼出来的真金，都是英雄。

　　就这样，我们既是生活在兄弟们中间，又是生活在英雄们中间。对着兄弟，我们感觉到温暖；对着英雄，我们衷心敬佩。于是温暖与敬佩交织在我们心中，我们同阿尔及利亚朋友们在一起度过的每一分钟、每一秒钟就都成为无上的幸福了。

　　每当傍晚，我们访问完毕回到我们所住的人民宫的时候，这幸福的感觉总变得愈加浓烈。这里是一座极大的花园，这时正盛开着月季花、藤萝花，还有一些不知名的花。月季花朵大得像中国农民吃饭用的大海碗；藤萝花高高地挂在树顶上，一片淡紫色的云雾，看样子像是要开到天上去。整个园子里高树浓荫，苍翠欲滴；姹紫嫣红，一片锦绣。在胜利以前，这园子是外国统治者居住的地方，阿尔及利亚人是不许进来的。欣赏这些美妙绝伦的花木的只是那些骄横恣睢的眼睛。花木有灵，也会负屈含羞的。然而现在住在这里的却是中国兄弟。于是这些花木棵棵都精神抖擞，摇摆着花枝，毫不吝惜呈现出自己的美丽，来迎接我们。古树仿佛更绿了，月季花的花朵仿佛更大了，藤萝也仿佛想更往高处爬。浓烈的香气使我们陶醉。连喷水池里玲琮的流水声都像是在那里歌唱我们的兄弟情谊。到了夜深人静的时候，我回想到白天里遇到的一切人、一切事，幸福的感觉仿佛在我心里凝结了起来，久久不能入睡。这时花香透过窗帘涌了进来，把我送入梦中。

　　我就是这样度过了七天七夜。多么美好的七天啊！七天当然是很短很短的。我也没有法子把每一天都拉长。但是，另一方面，这七天也可以说是很长很长的；它在我的生命中仿佛凸出来一般，十分显著。我相信，这七天将会永远保留在我的记忆中，什么时候回想起来，都会历历如在眼前。

1962年11月25日于仰光

1964年6月15日写完

爽朗的笑声

据说，只有人是会笑的。我活在这个大地上几十年中，曾经笑过无数次，也曾看到别人笑过无数次。我从来没有琢磨过人会不会笑的问题，就好像太阳从东方出来，人们天天必须吃饭这样一些极其自然的、明明白白的、尽人皆知的、用不着去探讨的现象一样，无须再动脑筋去关心了。

然而，人是能够失掉笑的。

就连人能够失掉笑这个事实我以前也没有探讨过，不是用不着去探讨，而是没有想到去探讨，没有发现有探讨的必要；因为我从来还没有遇到过失掉了笑的人，没有想到过会有失掉了笑的人，好像没有遇到过鬼或者阴司地狱，没有想到过有鬼或者有阴司地狱那样。

人又怎能失掉笑呢？

我认识一位参加革命几十年的老干部。虽然他资格老，然而从来不摆老资格，不摆架子。我一向对老干部怀着说不出的、极其深厚的、发自内心的感情与敬佩。他们好像是我的一面镜子，可以照见自己的不足，激励自己前进。因此，我就很愿意接近他，愿意对他谈谈自己的思想。当然并不限于这些。我们有时简直是海阔天空，上下古今，文学艺术，哲学宗教，无所不谈。他给我留下了非常深刻的印象，特别是在闲谈时他的笑声更使我永生难忘。这不是会心的微笑，而是发自肺腑的爽朗的笑声。这笑声悠扬而清脆，温和而热情；它好像有极大的感染力，一听到它，顿觉满室生春，连一桌一椅都仿佛充满了生气，一花一草都仿佛洋溢出活力。有时候我甚至觉得这笑声冲破了高楼大厦，冲出了窗户和门，到处飘流回荡，响彻了整个燕园。

想当初当我听到这笑声的时候，我并没有觉得它怎样难能可贵，怎样不可缺少，就同日光空气一样，抬眼就可以看到，张嘴就可以吸入。又像春天的和风，秋日的细雨；只要有春天，有秋天，自然而然地就可以得到。中国古诗说"司空见惯浑闲事"，我一下子变成了古时候的司空了。

然而好景不长，天空里突然堆起了乌云，跟着来的是一场暴风骤雨。这一场暴风骤雨真是来得迅猛异常。不但我们自己没有经受过，而且也没有听说别人曾经经受过。我们都仿佛当头挨了一棒，直打得天旋地转，昏头昏脑。有一个时期，我们都失去了行动的自由，在一个阴森可怕的恐怕要超过"白公馆"和"渣滓洞"的地方住了一些时候。以后虽然恢复了自由，然而每个人的脑袋上还都戴着一大堆莫须有的帽子，天天过着如临深渊如履薄冰的日子，谨小慎微，瞻前顾后，唯恐言行有什么"越轨"之处，随时提防意外飞来的横祸。我们的处境真比旧社会的童养媳还要困难。我们每个人脑海里都有成百个问号，成千个疑团；然而问天天不语，问地地不应。我们只有沉默寡言，成为不折不扣的行尸走肉。

在这期间，我也曾几次遇到过他，都是在路上。我看到他从远处走了过来，垂目低头，步履蹒跚。以前我看惯了的他那种矫健的步伐、轻捷的行姿，已经消逝得无影无踪了。我有时候下意识地迎上前去，好像是要做点什么，但是快到跟前的时候，最多也不过彼此相顾一下，立刻又低下了头，别转开脸，我们已经到了彼此不敢讲话、不能讲话的地步了。至于在这样的时刻他是怎样想的，我说不清楚。我心里只觉得一阵凄凉，眼泪立刻夺眶而出了。

有一次，我在校医院门前遇到了他。这一回不是孤身一人，而是有一个年老的妇女扶着他。他的身体似乎更不行了，路好像都走不全，腿好像都迈不开，脚好像都抬不起，颤巍巍地好不容易地向前挪动，费了好大劲才挪进了医院的大门，看样子是患了病。我一时冲动，很想鼓足了勇气走上前去探问一声。然而我不敢。那暴风骤雨的情景猛孤丁地展现在我眼前，我那一点剩勇好像是微弱的爝火，经雨一打，立刻就熄灭了。我不敢保证，如果再有一次那样的暴风骤雨，我是否还能经受得住。我硬是压下了我那向前去探问的冲动，只是站在远处注视着他。我是多么关心他的身体啊！然而我无能为力，我只能站在一旁看。幸好他并没有注意到我，否则也会引起他内心的激动，这样的激动对他的身体肯定是没有好处的。我全神贯注地注视着他，看他走进了校医院的玻璃门，他的身影在里面直晃动，在挂号处停留了一会儿，又被搀扶到走廊里去，身影于是完全消逝，大概是到哪一个屋子门口去等候大夫呼唤了。

当时我虽然注视了他很久很久，但是在开头时并没有发现有什么特异的情况，对他的身体的关心占住了我整个的注意力。等到他的身影消逝以后，我猛然发现，他脸上一点笑容都没有，他成了一个不会笑的人，他已经把笑失掉，当然更不用说那爽朗的笑声了。我心里猛烈地一震，对自己的这一个平凡又伟大的发现感到吃惊。我从前只知道笑是人的本能；现在我又知道，人是连本能也会失掉的。我活了六十多年才发现了这样一个真理，然而这是一个多么残酷多么令人不寒而栗的真理啊！

我自己怎样呢？他在这里又在另外一种意义上成了我的一面镜子。拿这面镜子一照：我同他原来是一模一样，我脸上也是一点笑容都没有，我也成了一个不会笑的人，我也把笑失掉了。如果自己不拿这面镜子来照一照，这情况我是不会知道的。因为没有一个人会告诉我，没有一个人敢告诉我。像我这样的人，当时是没有几个人肯同我说话的。如果有大胆的人敢同我说上几句话，我反而感到不自然，感到受宠若惊。不时飞来的轻蔑的一瞥，意外遇到的大声的申斥，我倒安之若素，倒觉得很自然。我当时就像白天的猫头鹰，只要能避开人，我一定避开；只要有小路，我决不走大路；只要有房后的野径，我连小路也不走。只要有熟人迎面走来，我远远地就垂下了头。我只恨地上没有洞；如果有的话，我一定会钻了进去，最好一辈子也不出来。在这样的情况下，一个人能笑得起来吗？让他把笑保留住不失掉能办得到吗？我也只能同那一位老干部一样变成一个不会笑的人了。

通过那几年的切身经历，我深深地感觉到，一个人如果失掉了笑，那就意味着，他同时也已经失掉了希望，失掉了生趣，失掉了一切。他活在世界上，在别人眼中，在他自己眼中，实际上成了一个多余的人，他只不过是行尸走肉，苟延残喘而已。什么清风，什么明月，什么春花，什么秋实，在别人眼中，当然都是非常可爱的；然而在他眼中，却什么快感也引不起来。他在这世界上如浮云，如幻影；世界对他也如浮云，如幻影。他自己就像一个幽灵，踽踽独行于遮天盖地的辽阔的寂寞中。他成了一个路人，一个"过客"，在默默地等候大限的来临。

真理毕竟要胜利，乌云决不会永在。经过了一番风雨，燕园里又出现了阳光，全中国也出现了阳光。记得是在一个座谈会上，我同这一位革命老前辈又见面了。他头发又白了很多，脸上皱纹也增添了不少，走路显得异常困难，说话声音很低。才几年的工夫，他好像老了二十年。我的心情很沉重；但是同时又很愉快。我发现他脸上又有了笑容，他又把笑找回来了。在谈到兴会淋漓的时候，他大笑起来，虽然声音较低，但毕竟是爽朗的笑声。这样的笑声我已经很久很久没有听到了。乍听之下，有如钧天妙乐，滋润着我的心灵，温暖着我的耳朵，怡悦着我的眼睛，激动着我的四肢。我觉得，这爽朗的笑声，就像骀荡的春风一样，又仿佛吹遍了整个燕园，响彻了整个燕园。我仿佛还听到它响彻了高山、密林、通都、大邑、工厂、农村、机关、学校，响彻了整个祖国大地，而且看样子还要永远响下去。

我现在不但在这位革命老前辈的脸上看到了已经失掉而又找回来的笑，而且在很多人的脸上都看到了笑容，老年人、中年人、青年人、妇女、儿童，无一例外。把笑失掉，是不容易的；把笑重新找回来，就更困难。我相信，一个在沧海中失掉了笑的人，决不能做任何的事情。我也相信，一个曾经沧海又把笑找回来的人，却能胜任任何的艰巨。一个很多人失掉了笑而只有一小撮人能笑的民族，决不能长久立于世界民族之林。只有能笑、会笑、敢笑、重新找回了笑的民族，才能创建宏伟的事业，才能在短期内实现四个现代化，才能阔步前进，建成社会主义，最终达到人类大同之域。

　　发现只有人是会笑的，是科学家。发现人也是能失掉笑的，是曾经沧海的人。两者都是伟大的发现。曾经沧海的人发现了这个真理，决不会垂头丧气，而是加倍地精神抖擞。我认识的那一位革命老前辈，在这里又成了我的一面镜子。我们都要感激那个沧海，它在另一方面教育了我们。我从小就喜欢读苏东坡的词句："人有悲欢离合，月有阴晴圆缺，此事古难全。但愿人长久，千里共婵娟。"我想改一下最后两句："但愿人长笑，千里共婵娟。"我愿意永远永远听到那爽朗的笑声。

1979年1月31日

难忘的一家人

三月初的德里，已经是春末夏初时分。北京此时恐怕还会飘起雪花吧。而在这里，却已是杂花生树，群莺乱飞。月季花、玫瑰花、茉莉花、石竹花，还有其他许多不知名的鲜花，纷红骇绿，开得正猛。木棉那大得像碗口的红花，开在凌云的高枝上，发出了异样的光彩，特别逗，引起了我这个异乡人的惊奇。

就正在这繁花似锦的时刻，我会见了将近二十年没有见面的印度老朋友普拉萨德先生。

当时，我刚从巴基斯坦来到德里。午饭后，我站在我们的大使馆楼前的草地上，欣赏那一朵朵肥大的月季花，正在出神，冷不防从对面草地上树荫下飞也似的跳出来了一个人，一下子扑了过来，用力搂住我的脖子，拼命吻我的面颊。他眼里泪水潸潸，眉头痛苦地或者是愉快地皱成了一个疙瘩。他就是普拉萨德。他这出乎意料的举动，使得我惊愕，快乐。但是，我的眼里却没有泪水流出，好像是我还没有来得及把泪水酿出。

这自然就使我回忆起过去在北京大学的一些事情。

普拉萨德是在解放初期由印中友协主席、中国人民始终如一的老朋友森德拉尔先生介绍到北大来任教的。他为人正直，坦荡，老老实实，本本分分，从来不弄什么小动作，不耍什么花样。借用德国老百姓的一句口头语：他忠实得像金子一样。在工作方面，他勤勤恳恳，给什么工作，就做什么工作，决不讨价还价。因此，他同中国教师和历届的同学都处得很好，没有人不喜欢他，不尊重他的。他后来回国结了婚，带着夫人普拉巴女士又回到北京。生的第一个男孩，取名就叫作京生。长到三四岁的时候，活泼伶俐，逗人喜爱。每次学校领导宴请外国教员，一个必不可少的节目就是要京生高唱《东方红》。此时宴会厅里必然是笑声四起，春意盎然，情谊脉脉，喜气融融。

时光就这样流逝过去。他做的事情都是平平常常的事情，过的日子也都是平淡无奇的日子。没有兴奋，没有激动。没有惊人的变化，也没有难忘的伟绩。忘记了是哪一年，他生了肺病，有点紧张。我就想方设法，加以劝慰。我现在已经忘记究竟对他说了些什么话；但是估计像我这样水平低的人，也决不会说出什么精辟的话。他可就信了我的话，情绪逐渐平静了下来。又忘记了是哪一年，他告诉我，想到莫斯科去参加青年联欢节。我通过有关的单位，使他达到了目的。这些都是小事，本来是不足挂齿的。然而他却惦记在心，逢人便说。他还经常说，我是他的长辈，是他的师尊。这很使我感到有点尴尬，觉得受之有愧。

天不会总是晴的，人世间也决不会永远风平浪静。大约是在1959年，中印友谊的天空里突然升起了一团乌云。某一些原来对中国友好的印度人，接踵转向。但是，普拉萨德一家人并没有动摇。他们不相信那一些造谣诬蔑，流言蜚语。他们一直坚持到自己的护照有被吊销的危险的时候，才忍痛离开了中国。

接着来的是一段对中印两国人民都不愉快的时光。我自己毕生研究印度的文化和历史，十分关心中印两国人民的传统友谊。在这一团乌云的遮蔽下，我有说不出来的苦恼，心情很沉重。我不时想到普拉萨德，想到他那一家人。当他们还在北京的时候，我实际上并没有这样想过。现在一旦暌违，却竟如此忆念难置。我自己也说不清楚其中的原因。难道我也想到"鸿雁几时到，江湖秋水多"吗？我不知道，普拉萨德一家人在想些什么，他们在干些什么。但是，我对于他那一家人对中国人民的深厚友谊，是从来没有怀疑的。我相信，他同广大的印度朋友一样，既能同中国人民共安乐，也能同我们共忧患。他们既然能渡过丽日和风，也必然能渡过惊涛骇浪。

事实也正是这个样子。等到天空里的乌云逐渐淡下去的时候，从遥远的西天传来了普拉萨德一家的消息。他确实是没有动摇。在那些日子里，他仍然坚持天天到中国驻印度大使馆去上班。当时大使馆门外驻扎着军警。每一个到中国大使馆来的印度人，都要受到盘问。许多印度朋友，不管内心里多么热爱中国，在这种情况下，也只好望而却步。然而普拉萨德却毅然岿然，决不气馁。当他在中国生肺病的时候，我心里曾闪过一个念头，窃以为他太脆弱。现在才知道，我错了。在大是大非面前，他是非常坚强的。我认识到他是这样一个人：在脆弱中有坚强，在简单中有深刻，在淳朴中有繁缛，在平淡中有浓烈。

他的爱人普拉巴是夫唱妇随。有人要她捐献爱国捐，她问为什么，说是为了对付中国，她坚决回答："爱国人人有份。但是捐了金银首饰去打中国，我宁死不干。我决不相信中国会侵略印度！"这一番话义正词严，简直可以说是掷地作金石声。在那黑云翻滚的日子里，敢于说这样的话，是需要有点勇气的。普拉巴平常看起来也像她丈夫一样是朴素而安静的。就在这样一个朴素而安静的印度普通妇女的心中蕴藏着多少对中国兄弟姐妹的爱和信任啊！但是在千千万万印度朋友心中蕴藏着的正是这样的爱和信任。印度古书上有一句话："真理就是要胜利。"她说的话正是真理，因此就必然会胜利的。

难道说普拉萨德一家人不热爱自己的祖国吗？正相反。我知道，他们是非常热爱自己的祖国的。而他们这样的举动也正是真正热爱祖国的表现。

就这样，我们虽然相别十余年，相隔数万里，其间也没有通过信。但是，我们的心是相通的，我们的心是挨得非常近的。

可是我无论如何也没有预料到，我们竟然能够在花团锦簇的暮春时分，在德里又会了面。

看样子，这一次意外的会面也给普拉萨德带来了极大的愉快。他告诉我，当他听说我要到印度来的时候曾高兴得几夜睡不着觉。我知道，他确实是非常高兴的。那时候，我们的访问非常紧张，一个会接着一个会，忙得不可开交。但是他却利用一切机会同我会面和交谈。有一天晚上，他还带了另一位印度朋友来看我。刚说了几句话，他们俩突然跪到地上摸我的脚。我知道，这是对最尊敬的人行的礼节。我大吃一惊，觉得真是当之有愧。但是面对着这一位忠实得像金子一般的印度朋友，我有什么办法呢？

普拉萨德再三对我讲，他要把他全家都带来同我会面。这正是我的愿望。我是多么想看一看这一家人啊！但是时间却挤不出。最后商定在使馆招待会前半小时会面。到了时候，他们全家果然来了。当年欢蹦乱跳的京生已经长成了稳重憨厚的青年，大学医学院的毕业生。当年在褪褓中的兰兰也已经长成了中学生。我看到这个情景，心里面思绪万千，半天说不出话来。但是，普拉萨德却滔滔不绝地讲了起来。讲他过去十几年的经历。从生活到思想，从个人到全家，不厌其详地讲述。兰兰大概觉得他说话太多了，有点生气似的说道："爸爸！看你老讲个不停，不让别人说半句话。"普拉萨德马上反驳说："不行不行！我非向他汇报不行。我的话三天三夜也讲不完。"说完又讲了起来，大有"词源倒流三峡水"的气概，看样子真要讲上三天三夜了。但是，招待会的时间到了，他们才依依不舍地辞别离去。

我们在德里的最后一个节目是印中友协的欢迎会。散会后，也就是我同普拉萨德全家告别的时候。我自然而然地紧紧地搂住了他的脖子，吻他的面颊。好像也用不着去酿出，我的眼里流满了泪水。同这样一位忠诚淳朴、对中国人民始终如一的印度朋友告别，我难道还能无动于衷吗？

普拉萨德决不是一个个人，而是广大的印度朋友的代表和象征；他也是千千万万善良的印度人的典型。他也决没有把我看成一个个人，而是看成整个中国人民的代表。他对我流露出来的感情，不是对我一个人的，而是对全体中国人民。正如中印友谊万古长青一样，我们之间的友谊也是长存的。即使我们暂时分别了，我相信，我们有一天总还会会面的，在印度，在中国。

　　我遥望西天，为普拉萨德全家祝福。

1979年10月

我和济南

——怀鞠思敏先生

　　说到我和济南，真有点不容易下笔。我六岁到济南，十九岁离开，一口气住了十三年之久，说句夸大点的话，济南的每一寸土地都会有我的足迹。现在时隔五十年，再让我来谈济南，真如古话所说的，一部十七史不知从何处说起了。

　　我想先谈一个人，一个我永世难忘的人，这就是鞠思敏先生。

　　我少无大志。小学毕业以后，不敢投考当时大名鼎鼎的一中，觉得自己只配入"破正谊"，或者"烂育英"。结果我考入了正谊中学，校长就是鞠思敏先生。

　　同在小学里一样，我在正谊也不是一个用功勤奋的学生。从年龄上来看，我是全班最小的之一。实际上也还是一个孩子。上课之余，多半是到校后面大明湖畔去钓蛙、捉虾。考试成绩还算可以，但是从来没有考过甲等第一名、第二名。对这种情况我根本就不放在心上。

但是鞠思敏先生却给了我极其深刻的印象。他个子魁梧，步履庄重，表情严肃却又可亲。他当时并不教课，只是在上朝会时，总是亲自对全校学生讲话。这种朝会可能是每周一次或者多次，我已经记不清楚。他讲的也无非是处世待人的道理，没有什么惊人之论。但是从他嘴里讲出来，那缓慢而低沉的声音、认真而诚恳的态度，真正打动了我们的心。以后在长达几十年中，我每每回忆这种朝会，每一回忆心里就油然生起幸福之感。

以后我考入山东大学附设高中，校址在北园白鹤庄，一个林木茂密、绿水环绕、荷池纵横的好地方。这时，鞠先生给我们上课了，他教的是伦理学，用的课本就是蔡元培的《中国伦理学史》。书中道理也都是人所共知的，但是从他嘴里讲出来，似乎就增加了分量，让人不得不相信，不得不去遵照执行。

鞠先生不是一个光会卖嘴皮子的人。他自己的一生就证明了他是一个言行一致、极富有民族气节的人。听说日本侵略者占领了济南以后，慕鞠先生大名，想方设法，劝他出来工作，以壮敌伪的声势。但鞠先生总是严加拒绝。后来生计非常困难，每天只能吃开水泡煎饼加上一点咸菜，这样来勉强度日，终于在忧患中郁郁逝世。他没有能看到祖国的光复，更没有能看到祖国的解放。对他来说，这是天大的憾事。我也在离开北园以后没有能再看到鞠先生，对我来说，这也是天大的憾事。这两件憾事都已成为铁一般的事实，我将为之抱恨终天了。

　　然而鞠先生的影像却将永远印在我的心中，时间愈久，反而愈显得鲜明。他那热爱青年的精神，热爱教育的毅力，热爱祖国的民族骨气，我们今天处于社会主义建设中的中国人民，不是还要认真去学习吗？我每次想到济南，必然会想到鞠先生。他自己未必知道，他有这样一个当年认识他时还是一个小孩子，而今已是皤然一翁的学生在内心里是这样崇敬他。我相信，我决不会是唯一的这样的人，在全济南，在全山东，在全中国还不知道有多少人怀有同我一样的感情。在我们这些人的心中，鞠先生将永远是不死的。

1982年10月12日

一个影子似的孩子

有道是老马识途，又说姜是老的辣。意思无非是说，人老了，识多见广，没有没见过的东西。如今我已年逾古稀，足迹遍三大洲，见到的人无虑上千，上万，甚至上亿。但是我却从来没有见过这样一个影子似的孩子。

什么叫影子似的孩子呢？我来到庐山，在食堂里，坐定了以后，正在大嚼之际，蓦抬头，邻桌上已经坐着一个十几岁的西藏男孩，长着两只充满智慧的机灵的大眼睛，满脸秀气，坐在那里吃饭。我根本没有注意到他是什么时候进来的，没有一点声息，没有一点骚动。我正在心里纳闷，然而，一转眼间，邻桌上已经空无一人，没有一点声息，没有一点骚动，来去飘忽，活像一个影子。

最初几天，我们乘车出游，他同父母一样，从来不参加的。我心里奇怪：这样一个十几岁的男孩子，不知道闷在屋里干些什么？他难道就不寂寞吗？一直到了前几天，我们去游览花径、锦绣谷和仙人洞时，谁也没有注意到，车子上忽然多了一个人，他就是那个小男孩。他一句话也不说，没有一点声息，没有一点骚动，沉静地坐在那里，脸上浮现着甜蜜温顺的笑意，仍然像是一个影子。

从花径到仙人洞是有名的锦绣谷，长约一公里，左边崇山峻岭，右边幽谷深涧，岚翠欲滴，下临无地，目光所到之处，浓绿连天，是庐山的最胜处。道狭人多，拥挤不堪，我们这一队人马根本无法走在一起。小男孩同谁也不结伴，一个人踽踽独行。有时候，我想找他，但是万头攒动，宛如汹涌的人海，到哪里去找呢？但是，一转瞬间，他忽然出现在我们身旁。两只俊秀的大眼睛饱含笑意，一句话也不说，一点声息也没有。可是，又一转瞬，他又不知消逝到何方了。瞻之在前，忽然在后，飘忽浮动，让人猜也猜不透。等到我们在仙人洞外上车的时候，他又飘然而至，不声不响，活像是我们自己的影子。

又一次，我们游览龙宫洞，小男孩也去了。进了洞以后，光怪陆离，气象万千。我们走在半明半暗的洞穴里，目不暇接。忽然抬头，他就站在我身旁。可是一转眼又不见了。等我们游完了龙宫，乘坐过龙船以后，我想到这小男孩又不知道跑到哪里去了。但是，正要走出洞门，却见他一个人早已坐在石桌旁边，静静地在等候我们，满脸含笑，不声不响，又活像是我们的影子。

我有时候自己心里琢磨：这小男孩心里想些什么呢？前两天，我们正在吃饭的时候，忽然下了一阵庐山式的暴雨，白云就在门窗间飘出飘进，转瞬院子里积满了水，形成了小小的瀑布。我们的餐厅同寝室是分开来的。在大雨滂沱中，谁也回不了寝室，都站在那里着急，谁也没有注意到，这小男孩已经走出餐厅，回到寝室，抱来了许多把雨伞，还有几件雨衣，一句话也不说，递给别人，两只大眼睛满含笑意，默默无声，像是我们的影子。我心中和眼前豁然开朗：在这个不声不响影子似的孩子的心中，原来竟然蕴藏着这样令人感动的善良与温顺。我不禁对这个平淡无奇的孩子充满了敬意了。

　　我从来不敢倚老卖老，但在下意识中却隐约以见过大世面而自豪。不意在垂暮之年，竟又开了一次眼界，遇到了这样一个以前自己连做梦都不会想到的影子似的孩子。他并没有什么惊人之举，衣饰举动都淳朴得出奇，是一个非常平凡的小男孩。然而，从他身上，我们不是都可以学习到一些十分可贵的东西吗？！

1986年8月3日于庐山

室伏佑厚先生一家

　　这篇文章我几年前就已经动笔写了。但是只起了个头，再也没有写下去，宛如一只断了尾巴的蜻蜓。难道是因为我没有什么可写的吗？难道说我没有什么激情吗？都不是，原因正相反。我要写的东西太多，我的激情也太充沛，以致我踟蹰迟疑，不知如何下笔。现在我由于一个偶然的机会，又来到了香港，住在山顶上的一座高楼上，开窗见海，混混茫茫，渺无涯际。我天天早晨起来，总要站在窗前看海。我凝眸远眺，心飞得很远很远，多次飞越大海，飞到东瀛，飞到室伏佑厚一家那里，我再也无法遏止我这写作的欲望了。

　　我认识室伏佑厚先生一家，完全是一件偶然的事，约在十年前，室伏先生的二女儿法子和他的大女婿三友量顺博士到北大来参观，说是要见我。见就见吧。我们会面了。我的第一个印象是异常好的：两个年轻人都温文尔雅，一举一动，有规有矩。当天晚上，他们就请我到北海仿膳去，室伏佑厚先生在那里大宴宾客。我这是第一次同室伏先生见面，我觉得他敦厚诚恳，精明内含，印象也是异常好的。从此我们就成了朋友。其实我们之间共同的东西并不多，各人的专行也相距千里，岁数也有差距。这样两个人成为朋友，实在不大容易解释。佛家讲究因缘，难道这就是因缘吗？

实事求是的解释也并非没有。1959年，日本前首相石桥湛山先生来中国同周恩来总理会面，商谈中日建交的问题。室伏佑厚先生是石桥的私人秘书。他可以说是中日友谊的见证人。也许是在这之前他已经对中国人民就怀有好感，也许是在这之后，我无法也无须去探讨。总之，室伏先生从此就成了中国人民的好朋友。在过去的三十年内，他来中国已经一百多次了。他大概是把我当成中国人民某一方面的一个代表者。他的女婿三友量顺先生是研究梵文的，研究佛典的。这也许是原因之一吧。

不管是出于什么原因，我们从此就往来起来。1980年，室伏先生第一次邀请我访问日本。在日本所有的费用都由他负担。他同法子和三友亲自驱车到机场去迎接我们。我们下榻新大谷饭店。我在这里第一次会见了日本梵文和佛学权威、蜚声世界学林的东京大学教授中村元博士。他著作等身，光是选集已经出版了二十多巨册。他虽然已是皤然一翁，但实际上还小我一岁。有一次，我们在箱根笔谈时，他在纸上写了四个字"以兄事之"，指的就是我。我们也成了朋友。据说他除了做学问以外，对其他事情全无兴趣，颇有点书呆子气。他出国旅行，往往倾囊购书，以致经济拮据。但是他却乐此不疲。有一次出国，他夫人特别叮嘱，不要乱买书。他满口应允。回国时确实没有带回多少书。他夫人甚为宽慰。然而不久，从邮局寄来的书就联翩而至，弄得夫人哭笑不得。

我们在万丈红尘的东京住了几天以后，室伏先生就同法子和三友亲自陪我们乘新干线特快火车到京都去参观。中村元先生在那里等我们。京都是日本故都，各种各样的寺院特别多，大小据说有一千五百多所。中国古诗："南朝四百八十寺，多少楼台烟雨中。"一个城中有四百八十寺，数目已经不算小了。但是同日本京都比较起来，仍然是小巫见大巫。我们在京都主要就是参观这些寺院，有名的古寺都到过了。在参观一座古寺时，遇到了一位一百多岁的老和尚。在谈话中，他常提到李鸿章。我一时颇为吃惊。但是仔细一想，这位老人幼年时正是李鸿章活动的时期，他们原来是同时代的人，只是岁数相差有点悬殊而已。我们在这里参加了日本国际佛教讨论会，会见了许多日本著名的佛教学者。还会见了日本佛教一个宗派的门主，一个英姿飒爽的年轻的东京大学的毕业生，给我留下了深刻而亲切的印象。

在参观佛教寺院时，我的第一个想法就是：在日本当和尚实在是一种福气。寺院几乎都非常宽敞洁净，楼殿巍峨，佛像庄严，花木扶疏，曲径通幽，清池如画，芙蕖倒影，幽静绝尘，恍若世外。有时候风动檐铃，悠扬悦耳，仿佛把我们带到了另外一个世界去，西方的极乐世界难道说就是这个样子吗？

中村元先生在大学里是一个谨严的学者，他客观地研究探讨佛教问题。但是一进入寺院，他就变成了一个信徒。他从口袋里掏出念珠，匍匐在大佛像前，肃穆虔诚，宛然另外一个人了。其间有没有矛盾呢？我看不出。看来二者完全可以和谐地结合起来的。人生的需要多矣，有一点宗教需要，也用不着大惊小怪。只要不妨碍他对于社会和国家做出贡献，可以听其自然的。

在日本期间，最让我难以忘怀的是箱根之行。箱根是日本，甚至世界的旅游胜地。我也久仰大名了。室伏先生早就说过，要我们到箱根去休养几天。我们从京都回到东京以后，又乘火车到了一个地方，下车换乘缆车，到了芦湖边上，然后乘轮船渡芦湖来到箱根。记得我们到的时候，天已经黑下来了。街灯也不是很亮。在淡黄的灯光中，街上寂静无人。商店已经关上了门，但是陈列商品的玻璃窗子仍然灯火通明。我们看不清周围的树木是什么颜色，但是苍翠欲滴的树木的浓绿，我们却能感觉出来。这浓绿是有层次的，从淡到浓，一直到浓得漆黑一团，扑上我们眉头，压上我们心头。此时，薄雾如白练，伸手就可以抓到。我有一种奇异的感觉，仿佛遨游在阆苑仙宫之中。这一种感觉我从来没有过，从那以后也没有过。至今回忆，当时情景，如在眼前。

旅馆的会客厅里则是另一番景象，灯火辉煌，华筵溢香。室伏先生把他的全家人都邀来了。首先是他的夫人千津子，然后是他的大女儿、三友先生的夫人厚子，最后是他的外孙女——才不过一岁多的朋子。我抱过了这一个小女孩儿，她似乎并不认生，对着我直笑。室伏先生等立刻拍下了这个镜头，说是要我为他的外孙女儿祝福。这个小孩子的名字来自中国的一句话：我们的朋友遍天下。据说还是周总理预先取下来的。这无疑是中日友好的一桩佳话。到了1986年，室伏先生第二次邀请我访日时，我们又来到了箱根，他又把全家都找了来。此时厚子已经又生了一个小女孩：明子。朋子已经三四岁了。岁数大了，长了知识，见了我反而不像第一次那样坦然了。这也是很自然的事情，人生本来就是这样。我同室伏先生一家两度会面，在同一个地方——令人永远忘不掉的天堂乐园般的箱根。这是否是室伏先生有意安排的，我不知道。但是我个人却觉得，这真是再好不过的安排。在这样一个地方，会见一家这样的日本朋友，难道这不算是珠联璧合吗？难道说这不是非常有意义吗？我眼前看到这一个祖孙三代亲切和睦的日本家庭，脑筋里却不禁又回忆起第一次见面时的情景。我简直想把这两幅情景连接在一起，又觉得它们本来就是在一起的。除了增添了一个小女孩外，人还是那一些人，地方还是那个地方，虽然实际上不是一回事，但看上去又确乎像是一回事。我一时间真有点迷离恍惚，然而却满怀喜悦了。

这一次在箱根会面，同上次有一点不同之处，就是中村元先生也参加了。这一位粹然儒雅又带有一点佛气的日本大学者，平常很少参加这样的集会。这次惠然肯来，对我们来说，实在是一种幸福。我们虽然很少谈论佛教和梵学问题，但是谈的事情却多与此有关。我们有共同的爱好，所以很容易谈得来。他曾对我说，日文中的"箱根"，实际上就是中文的"函谷（关）"。我听了很感兴趣。在箱根这个人间胜境，同这样一位日本学者在一起生活了几天，确实令我永远难忘。这两件事情，一件是能来到箱根，第二件是能同中村元先生在一起，都出于室伏佑厚先生之赐。因此，我只要想到室伏一家，就会想到中村元先生；只要想到中村元先生，就会想到室伏一家。对我来说，这两者真有点难解难分了。

我最近越来越感觉到，佛家说人生如电光石火，中国古人说人生如白驹过隙，这两句话意思一样，确是都非常正确的。我从前很少感觉到老，从来也不服老。然而，一转瞬间，蓦地发现，自己已垂垂老矣。室伏先生也已届还历之年，也算是初入老境了。当我在他这个年龄时，我自认为还是中年。他的心情怎么样，我没有问过他。但是，我想，他也会有同样的心情吧。遥望东天，我潜心默祷，祝他长寿超过百岁！

我同几乎所有的人一样，忙忙碌碌了几十年，天天面对实际，然而真正抓得到的实际好像并不多。一切事物几乎都如镜花，似水月，如轻梦，似白云，什么也抓不住。对待人生，我自认为态度是积极的，唯物的。我觉得，人有生、老、病、死，是自然规律，用不着伤春，也用不着悲秋，叹老不必，嗟贫无由。将来有朝一日离开这个世界时，我也决不会饮恨吞声。但是，如果在一切都捉不住的情况下，能捉住哪怕是小小的一点东西，抓住一鳞半爪，我将会得到极大的安慰。同室伏佑厚先生一家的交往，我个人认为，就属于这种极难捉到的东西之一，是异常可贵的。但愿在十年以后，当我即将进入期颐之年，而室伏先生庆祝他的古稀华诞时，我们都还能健壮地活在人间，那时我将会再给他的一家写点什么。

1988年11月3日于香港中文大学会友楼

我的老师董秋芳先生

　　难道人到了晚年就只剩下回忆了吗？我不甘心承认这个事实，但又不能不承认。我现在就是回忆多于前瞻。过去六七十年不大容易想到的师友，现在却频来入梦。

　　其中我想得最多的是董秋芳先生。

　　董先生是我在济南高中时的国文教员，笔名冬芬。胡也频先生被国民党通缉后离开了高中，再上国文课时，来了一位陌生的教员，个子不高，相貌也没有什么惊人之处，一只手还似乎有点毛病，说话绍兴口音颇重，不很容易懂。但是，他的笔名我们却是熟悉的。他翻译过一本苏联小说——《争自由的波浪》，鲁迅先生作序；他写给鲁迅先生的一封长信，我们在报刊上读过，现在收在《鲁迅全集》中。因此，面孔虽然陌生，但神交却已很久。这样一来，大家处得很好，也自是意中事了。

　　在课堂上，他同胡先生完全不同。他不讲什么"现代文艺"，也不宣传革命，只是老老实实地讲书，认真小心地改学生的作文。他也讲文艺理论，却不是弗里茨，而是日本厨川白村的《苦闷的象征》《出了象牙之塔》，都是鲁迅先生翻译的。他出作文题目很特别，往往只在黑板上大书"随便写来"四个字，意思自然是，我们愿意写什么，就写什么；愿意怎样写，就怎样写，丝毫不受约束，有绝对的写作自由。

　　我就利用这个自由写了一些自己愿意写的东西。我从小学经过初中到高中前半，写的都是文言文；现在一旦改变，并没有感到有什么不适应。原因是我看了大量的白话旧小说，对五四以来的新文学作品，鲁迅、胡适、周作人、郭沫若、郁达夫、茅盾、巴金等人的小说和散文几乎读遍了，自己动手写白话文，颇为得心应手，仿佛从来就写白话文似的。

　　在阅读的过程中，潜移默化，在无意识中形成了自己对写文章的一套看法。这套看法的最初根源似乎是来自旧文学，从《庄子》《孟子》《史记》，中间经过唐宋八大家，一直到明末的公安派和竟陵派，清代的桐城派，都给了我不同程度、不同方式的灵感。这些大家时代不同，风格迥异；但是却有不少共同之处。根据我的归纳，可以归为三点：第一，感情必须充沛真挚；第二，遣词造句必须简练、优美、生动；第三，整篇布局必须紧凑、浑成。三者缺一，就不是一篇好文章。文章的开头与结尾，更是至关重要。后来读了一些英国名家的散文，我也发现了同样的规律。我有时甚至想到，写文章应当像谱乐曲一样，有一个主旋律，辅之以一些小的旋律，前后照应，左右辅助，要在纷纭变化中有统一，在统一中有错综复杂，关键在于有节奏。总之，写文章必须惨淡经营。自古以来，确有一些文章如行云流水，仿佛是信手拈来，毫无斧凿痕迹。但是那是长期惨淡经营终入化境的结果。如果一开始就行云流水，必然走入魔道。

我这些想法形成于不知不觉之中，自己并没有清醒的意识。它也流露于不知不觉之中，自己也没有清醒的意识。有一次，在董先生的作文课堂上，我在"随便写来"的启迪下，写了一篇记述我回故乡奔母丧的悲痛心情的作文。感情真挚，自不待言。在谋篇布局方面却没有意识到有什么特殊之处。作文本发下来了，却使我大吃一惊。董先生在作文本每一页上面的空白处都写了一些批注，不少地方有这样的话："一处节奏""又一处节奏"，等等。我真是如拨云雾见青天："这真是我写的作文吗？"这真是我的作文，不容否认。"我为什么没有感到有什么节奏呢？"这也是事实，不容否认。我的苦心孤诣连自己也没有意识到的，却为董先生和盘托出。知己之感，油然而生。这决定了我一生的活动。从那以后，六十年来，我从事研究的是一些稀奇古怪的东西，与文章写作风马牛不相及。但是感情一受到剧烈的震动，所谓"心血来潮"，则立即拿起笔来，写点什么。至今已到垂暮之年，仍然是积习难除，锲而不舍。这同董先生的影响是绝对分不开的。我对董先生的知己之感，将伴我终生。

高中毕业以后，到北京来念了四年大学，又回到母校济南高中教了一年国文，然后在欧洲待了将近十一年，1946年才回到祖国。在这长达二十多年的时间内，我一直没有同董秋芳老师通过信，也完全不知道他的情况。50年代初，在民盟的一次会上，完全出我意料之外，我竟见到了董先生，看那样子，他已垂垂老矣。我激动得说不出话来，他也非常激动。但是我平生有一个弱点：不善于表露自己的感情。董先生看来也是如此。我们每个人心里都揣着一把火，表面上却颇淡漠，大有君子之交淡如水之概了。

我生平还有一个弱点，我曾多次提到过，这就是，我不喜欢拜访人。这两个弱点加在一起，就产生了致命的后果：我同我平生感激最深、敬意最大的老师的关系，看上去有点若即若离了。

不记得是什么时候了，董先生退休了，离开北京回到了老家绍兴。这时候大概正处在"十年浩劫"期间，我是泥菩萨过江，自身难保。自顾不暇，没有余裕来想到董先生了。

又过一些时候，听说董先生已经作古，乍听之下，心里震动得非常剧烈。一霎时，心中几十年的回忆、内疚、苦痛，蓦地抖动起来。我深自怨艾，痛悔无已。然而已经发生过的事情是无法挽回的。看来我只能抱恨终天了。

我虽然研究佛教，但是从来不相信什么生死轮回，再世转生。可是我现在真想相信一下。我自己屈指计算了一下，我这一辈子基本上是一个善人，坏事干过一点，但并不影响我的功德。下一生，我不敢，也不愿奢望转生为天老爷，但我定能托生为人，不至走入畜生道。董先生当然能转生为人，这不在话下。等我们两个隔世相遇的时候，我相信，我的两个弱点经过地狱的磨炼已经克服得相当彻底，我一定能向他表露我的感情，一定常去拜访他，做一个程门立雪的好弟子。

然而，这一些都是可能的吗？这不是幻想又是什么呢？"他生未卜此生休。"我怅望青天，眼睛里溢满了泪水。

1990年3月24日

吴雨僧（宓）先生

　　吴雨僧（宓）先生逝世后十二年，"文化大革命"泼到他身上的污泥浊水，已被完全洗清。他的亲属和弟子们会于陕西西安和泾阳，隆重举行"吴宓先生诞辰 95 周年纪念大会暨国际学术讨论会"。作为他的及门弟子，我虽然没能躬与盛会，但是衷心感慰激动，非可言宣。被污蔑、被诽谤只能是暂时的，而被推重、被怀念则是永恒的。历史上不乏先例。

　　将近六十年前，我在清华大学外国语言文学系读书时，听过雨僧先生两门课："英国浪漫诗人"和"中西诗之比较"。当时他主编天津《大公报·文学副刊》，我忝列撰稿人名单中，写过一些书评之类的文章。因此同他接触比较多。工字厅"藤影荷声之馆"也留下了我的足迹。当时我和我的同学们对雨僧先生的态度是有矛盾的。一方面，我们觉得他可亲可敬，他为人正派，表里如一，没有当时大学教授们通常有的那种所谓"教授架子"，因而对他极有好感。但是另一方面，我们对他非常不了解，认为他是一个怪人，古貌古心，不随时流，又在搞恋爱，大写其诗，并把他写的《空轩十二首》在课堂上发给同学们，从而成为学生小报的嘲笑对象。我们对他最不了解的是他对当时新文学运动的态度。我们这一群年轻学生，无一不崇拜新派，厌恶旧派。解放后有一段时期流行的"左"比右强的风气，不意我们已经有了，虽然是无意识的。所谓"新派"指的是胡适、陈独秀、鲁迅等文坛上的著名人物。所谓"旧派"则指的是以雨僧先生为首的"学衡派"。我们总认为学衡派保守复古，开历史倒车。实际上，我们对新派的主张了解得比较多，对旧派的主张则可以说是没有了解，有时还认为不屑一顾。这种偏见在我脑海里保留了将近六十年。一直到这一次学术讨论召开，我读了大会的综合报道和几篇论文，才憬然顿悟：原来是自己错了。

五四运动，其功决不可泯。但是主张有些过激，不够全面，也是事实，而且是不可避免的。有人主张矫枉必须过正，不过正不足以矫枉。这个道理也可以应用到五四运动上。特别是用今天的眼光来看，五四运动在基本上正确的情况下，偏颇之处也是不少的，甚至是相当严重的。主张打倒孔家店，对中国旧文化不分青红皂白一律扬弃，当时得到青年们的拥护。这与以后的"文化大革命"确有相通之处，其错误是显而易见的。

雨僧先生当时挺身而出，反对这种偏颇，有什么不对？他热爱祖国，热爱祖国文化，但并不拒绝吸收外国文化的精华。只因他从来不会见风使舵，因而被不明真相者或所见不广者视为顽固，视为逆历史潮流而动。这真是天大的冤枉。

　　而我作为雨僧先生的学生又景仰先生为人者，竟也参加到这个行列里来，说来实在惭愧。如果只有我一个人这样一时糊涂，倒也罢了。据我所知，当时几乎所有的年轻人都同我一样，这就非同小可了。如果没有这一次纪念会，我这愚蠢的想法必然还会继续下去。现在，我一方面感谢这一次纪念会给了我当头一棒，另一方面又痛感对不起我的老师。我们都应该对雨僧先生重新认识，肃清愚蠢，张皇智慧，这就是我的愿望。我希望，这次纪念会是一个良好的开端，对雨僧先生我们还要继续研究，深入研究，大大地发扬他那颗热爱祖国、热爱人民、热爱祖国文化的拳拳赤子之心，永远纪念他，永远学习他。

　　我感谢李赋宁教授和蔡恒教授要我写这一篇序，我因而得到机会，彻底纠正我对雨僧先生的一些不正确的看法。

　　　　　　　　（本文原为《第一届吴宓学术讨论会论文选集》序）

　　　　　　　　　　　　　　　　　　　　　1990年9月23日

两个乞丐

　　时间已经过去了七十多年，但是两个乞丐的影像总还生动地储存在我的记忆里，时间越久，越显得明晰。我说不出理由。

　　我小的时候，家里贫无立锥之地，没有办法，六岁就离开家乡和父母，到济南去投靠叔父。记得我到了不久，就搬了家，新家是在南关佛山街。此时我正上小学。在上学的路上，有时候会在南关一带，圩子门内外，城门内外，碰到一个老乞丐，是个老头，头发胡子全雪样地白，蓬蓬松松，像是深秋的芦花。偏偏脸色有点发红。现在想来，这决不会是由于营养过度，体内积存的胆固醇表露到脸上来。他连肚子都填不饱，哪里会有什么佳肴美食可吃呢？这恐怕是一种什么病态。他双目失明，右手拿一根长竹竿，用来探路；左手拿一只破碗，当然是准备接受施舍的。他好像是无法找到施主的大门，没有法子，只有亮开嗓子，在长街上哀号。他那种动人心魄的哀号声，同嘈杂的市声搅混在一起，在车水马龙中，嘹亮清澈，好像上面的天空，下面的大地都在颤动。唤来的是几个小制钱和半块窝窝头。

像这样的乞丐，当年到处都有。最初并没有引起我的注意。可是久而久之，我对他注意了。我说不出理由。我忽然在内心里对他油然起了一点同情之感。我没有见到过祖父，我不知道祖父之爱是什么样子。别人的爱，我享受得也不多。母亲是十分爱我的，可惜我享受的时间太短太短了。我是一个孤寂的孩子。难道在我那幼稚孤寂的心灵里在这个老丐身上顿时看到祖父的影子了吗？我喜欢在路上碰到他，我喜欢听他的哀号声。到了后来，我竟自己忍住饥饿，把每天从家里拿到的买早点用的几个小制钱，统统递到他的手里，才心安理得，算是了了一天的心事，否则就好像缺了点什么。当我的小手碰到他那粗黑得像树皮一般的手时，我心里说不出是什么滋味：怜悯、喜爱、同情、好奇混搅在一起，最终得到的是极大的欣慰。虽然饿着肚子，也觉得其乐无穷了。他从我的手里接过那几个还带着我的体温的小制钱时，难道不会感到极大的欣慰，觉得人世间还有那么一点温暖吗？

这样大概过了没有几年，我忽然听不到他的哀叫声了。我觉得生活中缺了点什么。我放学以后，手里仍然捏着几个沾满了手汗的制钱，沿着他常走动的那几条街巷，瞪大了眼睛看，伸长了耳朵听。好几天下来，既不闻声，也不见人。长街上依然车水马龙，这老丐却哪里去了呢？我感到凄凉，感到孤寂。好几天心神不安。从此这个老乞丐就从我眼里消逝，永远永远地消逝了。

差不多在同时，或者稍后一点，我又遇到了另一个老乞丐，仅有一点不同之处：这是一个老太婆。她的头发还没有全白，但蓬乱如秋后的杂草。面色黧黑，满是皱纹，一点也没有老头那样的红润。她右手持一根短棍。因为她也是双目失明，棍子是用来探路的。不知为什么，她能找到施主的家门。我第一次见到她，就是在我家的二门外面。她从不在大街上叫喊，而是在门口高喊："爷爷！奶奶！可怜可怜我吧！"也许是因为，她到我们家来，从不会空手离开的，她对我们家产生了感情；所以，隔上一段时间，她总会来一次的。我们成了熟人。

据她自己说，她住在南圩子门外乱葬岗子上的一个破坟洞里。里面是否还有棺材，她没有说。反正她瞎着一双眼，即使有棺材，她也看不见。即使真有鬼，对她这个瞎子也是毫无办法的。多么狰狞恐怖的形象，她也是眼不见，心不怕。这是一种什么样的日子，我今天回想起来，都有点觉得毛骨悚然。

不知道为什么，她竟然还有闲情逸致来种扁豆。她不知从哪里弄了点扁豆种子，就栽在坟洞外面的空地上，不时浇点水。到了夏天，扁豆是不会关心主人是否是瞎子的，一到时候，它就开花结果。这个老乞丐把扁豆摘下来，装到一个破竹筐子里，挂上了拐棍，摸摸索索来到我家二门外面，照例地喊上几声。我连忙赶出来，看到扁豆，碧绿如翡翠，新鲜似带露，我一时吃惊得说不出话来。我当时还不到十岁，虽有感情，决不会有现在这样复杂、曲折。我不会想象，这个老婆子怎样在什么都看不到的情况下，刨土、下种、浇水、采摘。这真是一首绝妙好诗的题目。可是限于年龄，对这一些我都木然懵然。只觉得这件事颇有点不寻常而已。扁豆并不是什么名贵的东西，然而老丐心中有我们一家，从她手中接过来的扁豆便非常非常不寻常了。这一点我当时朦朦胧胧似乎感觉到了。这扁豆的滋味也随之大变。在我一生中，在那以前我从没有吃过那样好吃的扁豆，在那以后也从未有过。我于是真正喜欢上了这一个老年的乞丐。

然而好景不长，这样也没有过上几年。有一年夏天，正是扁豆开花结果的时候，我天天盼望在二门外面看到那个头发蓬乱鹑衣百结的老乞丐。然而却是天天失望，我又感到凄凉，感到孤寂，又是好几天心神不宁。从此这一个老太婆同上面说的那一个老头子一样，在我眼前消逝了，永远永远地消逝了。

到了今天，时间已经过去了七十多年。我的年龄恐怕早已超过了当年这两个乞丐的年龄。不知道是为什么我又突然想起了他俩。我说不出理由。不管我表面上多么冷，我内心里是充满了炽热的感情的。但是当时我涉世未久，或者还根本不算涉世，人间沧桑，世态炎凉，我一概不懂。我的感情是幼稚而淳朴的，没有后来那一些不切实际的非常浪漫的想法。两位老丐在绝对孤寂凄凉中离开人世的情景，我想都没有想过。在当年那种社会里，人的心都是非常硬的，几乎人人都有一副铁石心肠，否则你就无法活下去。老行幼效，我那时的心，不管有多少感情，大概比现在要硬多了。唯其因为我的心硬，我才能够活到今天的耄耋之年。事情不正是这样子吗？

我现在已经走到了快让别人回忆自己的时候了。这两个老丐在我回忆中保留的时间也不会太久了。今天即使还有像我当年那样心软情富的孩子，但是人间已经换过，再也不会有那样的乞丐供他们回忆了。在我以后，恐怕再也不会出现我这样的人了。我心甘情愿地成为有这样回忆的最后一个人。

1992年12月26日

哭冯至先生

　　对我来说，真像是晴空一声霹雳：冯至先生走了，永远永远地走了。

　　要说我一点都没有想到，也不是的。他毕竟已是达到了米寿高龄的人了。但是，仅仅在一个多月以前，我去看过他。我看他身体和精神都很好，心中暗暗欣慰。他告诉我说，他不大喜欢有一些人去拜访他，但我是例外。他再三想把我留住，情真意切，见于辞色。可是我还有别的事，下了狠心辞别。我同他约好，待到春暖花开之时，接他到燕园里住上几天，会一会老朋友，在园子里漫游一番，赏一赏他似曾相识的花草树木。我哪里会想到，这是我们长达半个多世纪的友谊的最后一次谈话。如果我当时意识到的话，就是天大的事，我也会推掉的，陪他谈上几个小时，可是我离开了他。如今一切都成为过去。晚了，晚了，悔之晚矣！我将抱恨终天了！

　　我认识冯至先生的过程，现在回想起来，仿佛已经成了历史。他长我六岁，我们不可能是同学，因此在国内没有见过面。当我到德国去的时候，他已经离开那里，因此在国外也没有能见面。但是，我在大学念书的时候，就读过他的抒情诗，对那一些形神俱臻绝妙的诗句，我无限向往，无比喜爱。鲁迅先生赞誉他为中国最优秀的抒情诗人，我始终认为这是至理名言。因此，对抒情诗人的冯至先生，我真是心仪已久了。

　　但是，一直到 1946 年，我们才见了面。这时，我从德国回来，在北京大学东语系任教，冯先生在西语系，两系的办公室紧挨着，见面的机会就多了。

　　在这期间，给我留下印象最深的，不是北大的北楼，而是中德学会所在地，一所三进或四进的大四合院。这里房屋建筑古色古香，虽无曲径通幽之趣，但回廊重门也自有奇趣。院子很深，"庭院深深深几许"，把市声都阻挡在大门外面，院子里静如古寺，一走进来，就让人觉得幽寂怡性。冯至先生同我，还有一些别的人，在这里开过许多次会。我在这里遇到了许多人，比如毕华德、张星烺、袁同礼、向达等等，现在都已作古。但是，对这一段时间的回忆，却永远不会消逝。

　　很快就到了 1948 年冬天，解放军把北京团团围住。北大一些教授，其中也有冯先生，在沙滩孑民堂里庆祝校庆，城外炮声隆隆，大家不无幽默地说，这是助庆的鞭炮。可见大家并没有身处危城中的恐慌感，反而有所期望，有所寄托。校长胡适乘飞机仓皇逃走，只有几个教授与他同命运，共进退。其余的都留下了，等待解放军进城。冯先生就是其中之一。

过去，我常常想，也常常说，对中国旧社会的知识分子来说，解放是一场严峻的考验，是大节亏与不亏的考验。在这一点上说，冯至先生是大节不亏的。但是，我想做一点补充或者修正。由于政治信念不同，当时离开大陆的也不见得都是大节有亏的。在这里，标准只有一个，就是看他爱不爱国。只要爱我们伟大的祖国，待在哪里，都无亏大节。爱国无分先后，革命不计迟早。这是我现在的想法。

总之，在这考验的关头，冯至先生留下来了，我也留下来了，许许多多的教授都留下来了。我们共同度过一段欢喜、激动、兴奋、甜美的日子。

跟着来的是长达四十年的漫长的开会时期。记得50年代在一次会上，周扬同志笑着对我们说："国民党的税多，共产党的会多。"冯至先生也套李后主的词说："春花秋月何时了？开会知多少！"他们二位并没有什么恶意，但是从他们的苦笑中也可以体会出一点苦味，难道不是这样吗？

幸乎？不幸乎？他们两位的话并没有错，在我同冯至先生长达四十多年的友谊中，我对他的回忆，几乎都同开会联在一起。

常言道："时势造英雄。"解放这一个时势，不久就把冯至先生和我都造成了"英雄"。不知怎样一来，我们俩都成了"社会活动家"，甚至"国际活动家"，都成了奔走于国内外的开会的"英雄"。我是一个性格内向的人，最怕同别人打交道。我看，冯先生同我也是"伯仲之间见伊吕"，他根本不是一个交际家。如果他真正乐此不疲的话，他就不会套用李后主的词来说"怪话"。这一点是用不着怀疑的。

　　开会之所以多，就是因为解放后集会结社，名目繁多。什么这学会，那协会；这理事会，那委员会；这人民代表大会，那政治协商会议：种种称号，不一而足。冯先生和我既然都是"社会活动家"，那就必须"活动"。又因为我们两个的行当有点接近，在社会上所处的地位又有点相似，因此就经常"活动"到一起来了。我有时候胡思乱想：冯先生和我如果不是"社会活动家"的话，我们见面的机会就会减少百分之八九十，我们的友谊就会向另外一个方向发展了。仅仅为了这一点，我也要感谢"会多"。

　　我们俩共同参加的会，无法一一列举，仅举其荦荦大者，就有《世界文学》编委会，中国作家协会，全国人民代表大会，国务院学位委员会，《中国大百科全书·外国文学卷》编委会，中国外国文学研究会，中国社会科学院文学研究所学术委员会，外国文学研究所学术委员会，等等。我们的友谊就贯串在这些五花八门的会中，我的回忆也贯串在这些五花八门的会中。

　　我不能忘记那奇妙的莫干山。有一年，《中国大百科全书·外国文学卷》编委会会议在这里召开。冯先生是这一卷的主编，我是副主编，我们俩都参加了。莫干山以竹名，声震神州。我这个向来不作诗的"非诗人"，忽然得到了灵感，居然写了四句所谓"诗"："莫干竹世界，遍山绿琅玕。仰观添个个，俯视惟团团。"可见竹子给我的印象之深。在紧张地审稿之余，我同冯先生有时候也到山上去走走。白天踏着浓密的竹影，月夜走到仿佛能摸出绿色的幽篁里；有时候在细雨中，有时候在夕阳下。我们随意谈着话，有的与审稿有关，有的是上天下地，无所不谈。

　　这一段回忆是美妙绝伦的，终生难忘。

　　我不能忘记那令人发思古之幽情的西安丈八沟国宾馆。西安是中国古代几个朝代的都会，到了唐代，西安简直成了全世界的文化、政治和经济的中心，大量的外国人住在那里。唐代诗歌又是中国文学史上一个黄金时期的产品。今天到了西安，只要稍一留意，就会看到到处都是唐诗的遗迹。谁到了灞桥，到了渭水，到了那一些什么"原"，不会立刻就联想到唐代许多脍炙人口的诗句呢？西安简直是一座诗歌的城市，一座历史传说的城市，一座立即让人发思古之幽情的城市。丈八沟这地方，杜甫诗中曾提到过。冯至先生个人是诗人，又是研究杜甫诗歌的专家。他到了西安，特别是到了丈八沟，大概体会和感受应该比别人更多吧。我们这一次是来参加中国外国文学研究会的年会的。工作也是颇为紧张的。但是，同在莫干山一样，在紧张之余，我们间或在这秀丽幽静的宾馆里散一散步。这里也有茂林修竹，荷塘小溪。林中，池畔，修竹下，繁花旁，留下了我们的足踪。

　　这一段回忆是美妙绝伦的，终生难忘。

　　够了，够了。往事如云如烟。像这样不能忘记的回忆，真是太多太多了。像这些不能忘记的地方和事情，也真是太多太多了，多到我的脑袋好像就要爆裂的程度。现在，对我来说，每一个这样的回忆，每一件这样的事情，都仿佛成了一首耐人寻味的抒情诗。

　　所有这一些抒情诗都是围绕着一个人而展现的，这个人就是冯至先生。

　　在长达半个多世纪的友谊中，我们虽为朋友，我心中始终把他当老师来看待。借用先师陈寅恪先生的一句诗，就是"风义平生师友间"。经过这样长时间的亲身感受，我发现冯先生是一个非常可爱，非常可亲近的人。他淳朴，诚恳，不会说谎，不会虚伪，不会吹牛，不会拍马，待人以诚，同他相处，使人如坐春风中。我从来没有见他发过脾气。前几天，我到医院去看他的时候，他女儿姚平告诉我说，有时候她爸爸在胸中郁积了一腔悲愤，一腔不悦。女儿说："你发一发脾气嘛！一发不就舒服了吗？"他苦笑着说："你叫我怎样学会发脾气呢？"

冯至先生就是这样一个平凡而又奇特，这样一个貌似平凡实为不平凡的人。

古人说："人生得一知己，足矣。"我生性内向，懒于应对进退，怯于待人接物。但是，在八十多年的生命中，也有几个知己。我个人认为，冯至先生就是其中之一。在漫长的开会历程中，有多次我们住在一间屋中。我们几乎是无话不谈，对时事，对人物，对社会风习，对艺坛奇闻，我们的意见完全一致，几乎没有丝毫分歧。我们谈话，从来用不着设防。我们直抒胸臆，尽兴而谈。自以为人生幸福，莫大于此。我们的友谊之所以历久不衰，而且与时俱增，原因当然就在这里。

两年前，我的朋友和学生一定要为我庆祝八十诞辰。我提出来了一个条件：凡是年长于我的师友，一律不通知，不邀请。冯先生当然是在这范围以内的。然而，到了开会的那一天，大会就要开始时，冯先生却以耄耋之年，跋涉长途，从东郊来到西郊，来向我表示祝贺。我坐在主席台上，瞥见他由人搀扶着走进会场，我一时目瞪口呆，万感交集，我连忙跳下台阶，双手扶他上来。他讲了许多鼓励的话，优美得像一首抒情诗。全场四五百人掌声雷动，可见他的话拨动了听众的心弦。此情此景，我终生难忘。那一次会上，还来了许多年长于我或少幼于我的老朋友，比如吴组缃（他是坐着轮椅赶来的）、许国璋等等，情谊深重，连同所有的到会的友人，包括我家乡聊城和临清的旧雨新交，我都终生难忘。我是一个拙于表达但在内心深处极重感情的人。我所有的朋友对我这样情深意厚的表示，在我这貌似花样繁多而实单调、貌似顺畅而实坎坷的生命上，涂上了一层富有生机、富于情谊的色彩，我哪里能够忘记呢？

近几年来，我运交华盖，连遭家属和好友的丧事。人到老年，旧戚老友，宛如三秋树叶，删繁就简，是自然的事。但是，就我个人来说，几年之内，连遭大故，造物主——如果真有的话——不也太残酷了吗？我哭过我们全家敬爱的老祖，我哭过我的亲生骨肉婉如，我哭过从清华大学就开始成为朋友的乔木。我哪里会想到，现在又轮到我来哭冯至先生！"白发人哭黑发人"固然是人生之至痛。但"白发人哭白发人"，不也是同样地惨痛吗？我觉得，人们的眼泪不可能像江上之清风与山间之明月，取之不尽用之不竭。几年下来，我的泪库已经干涸了，再没有眼泪供我提取了。

然而，事实上却不是这样，完全不是这样。前几天，在医院里，我见了冯先生最后一面。他虽然还活着，然而已经不能睁眼，不能说话。我顿感，毕生知己又弱一个。我坐在会客室里，泪如泉涌，我准备放声一哭。他的女儿姚平连声说："季伯伯！你不要难过！"我调动起来了自己所有剩余的理智力量，硬是把痛哭压了下去。脸上还装出笑容，甚至在泪光中做出笑脸。只有我一个人知道：我的泪都流到肚子里去了。为了冯至先生，我愿意把自己泪库中的泪一次提光，使它成为我一生中最后的一次痛哭。

呜呼！今生已矣。如果真有一个来生，那会有多么好。

1993年2月24日

赋得永久的悔

题目是韩小蕙女士出的，所以名之曰"赋得"。但文章是我心甘情愿做的，所以不是八股。

我为什么心甘情愿做这样一篇文章呢？一言以蔽之，题目出得好，不但实获我心，而且先获我心：我早就想写这样一篇东西了。

我已经到了望九之年。在过去的七八十年中，从乡下到城里；从国内到国外；从小学、中学、大学到洋研究院；从"志于学"到超过"从心所欲不逾矩"，曲曲折折，坎坎坷坷，既走过阳关大道，也走过独木小桥；既经过"山重水复疑无路"，又看到"柳暗花明又一村"，喜悦与忧伤并驾，失望与希望齐飞，我的经历可谓多矣。要讲后悔之事，那是俯拾即是。要选其中最深切、最真实、最难忘的悔，也就是永久的悔，那也是唾手可得，因为它片刻也没有离开过我的心。

我这永久的悔就是：不该离开故乡，离开母亲。

我出生在鲁西北一个极端贫困的村庄里。我们家是贫中之贫，真可以说是贫无立锥之地。"十年浩劫"中，我自己跳出来反对北大那一位倒行逆施但又炙手可热的"老佛爷"，被她视为眼中钉，必欲除之而后快。她手下的小喽啰们曾两次窜到我的故乡，处心积虑把我"打"成地主，他们那种狗仗人势穷凶极恶的教师爷架子，并没有能吓倒我的乡亲。我小时候的一位伙伴指着他们的鼻子，大声说："如果让整个官庄来诉苦的话，季羡林家里是第一家！"

这一句话并没有夸大，他说的是实情。我祖父母早亡，留下了我父亲等三个兄弟，孤苦伶仃，无依无靠。最小的一叔送了人。我父亲和九叔饿得没有办法，只好到别人家的枣林里去捡落到地上的干枣充饥。这当然不是长久之计。最后兄弟俩被逼背井离乡，盲流到济南去谋生。此时他俩也不过十几二十岁。在举目无亲的大城市里，必然是经过千辛万苦，九叔在济南落住了脚。于是我父亲就回到了故乡，说是农民，但又无田可耕。又必然是经过千辛万苦，九叔从济南有时寄点钱回家，父亲赖以生活。不知怎么一来，竟然寻（读 xín）上了媳妇，她就是我的母亲。母亲的娘家姓赵，门当户对，她家穷得同我们家差不多，否则也决不会结亲。她家里饭都吃不上，哪里有钱、有闲上学。所以我母亲一个字也不识，活了一辈子，连个名字都没有。她家是在另一个庄上，离我们庄五里路。这个五里路就是我母亲毕生所走的最长的距离。

北京大学那一位"老佛爷"要"打"成"地主"的人，也就是我，就出生在这样一个家庭里，就有这样一位母亲。

后来我听说，我们家确实也"阔"过一阵。大概在清末民初，九叔在东三省用口袋里剩下的最后的五角钱，买了十分之一的湖北水灾奖券，中了奖。兄弟俩商量，要"富贵而归故乡"，回家扬一下眉，吐一下气。于是把钱运回家，九叔仍然留在城里，乡里的事由父亲一手张罗。他用荒唐离奇的价钱，买了砖瓦，盖了房子。又用荒唐离奇的价钱，置了一块带一口水井的田地。一时兴会淋漓，真正扬眉吐气了。可惜好景不长，我父亲又用荒唐离奇的方式，仿佛宋江一样，豁达大度，招待四方朋友。一转瞬间，盖成的瓦房又拆了卖砖，卖瓦。有水井的田地也改变了主人。全家又回归到原来的情况。我就是在这个时候，在这样的情况下降生到人间来的。

母亲当然亲身经历了这个巨大的变化。可惜，当我同母亲住在一起的时候，我只有几岁，告诉我，我也不懂。所以，我们家这一次陡然上升，又陡然下降，只像是昙花一现，我到现在也不完全明白。这个谜恐怕要成为永恒的谜了。

不管怎样，我们家又恢复到从前那种穷困的情况。后来听人说，我们家那时只有半亩多地。这半亩多地是怎么来的，我也不清楚。一家三口人就靠这半亩多地生活。城里的九叔当然还会给点接济，然而像中湖北水灾奖那样的事儿，一辈子有一次也不算少了，九叔没有多少钱接济他的哥哥了。

家里日子是怎样过的，我年龄太小，说不清楚。反正吃得极坏，这个我是懂得的。按照当时的标准，吃"白的"（指麦子面）最高，其次是吃小米面或棒子面饼子，最次是吃红高粱饼子，颜色是红的，像猪肝一样。"白的"与我们家无缘。"黄的"（小米面或棒子面饼子颜色都是黄的）与我们缘分也不大。终日为伍者只有

"红的"。这"红的"又苦又涩，真是难以下咽。但不吃又害饿，我真有点谈"红"色变了。

但是，小孩子也有小孩子的办法。我祖父的堂兄是一个举人，他的夫人我喊她奶奶。他们这一支是有钱有地的。虽然举人死了，但家境依然很好。我这一位大奶奶仍然健在。她的亲孙子早亡，所以把全部的钟爱都倾注到我身上来。她是整个官庄能够吃"白的"的仅有的几个人中之一。她不但自己吃，而且每天都给我留出半个或者四分之一个白面馍馍来。我每天早晨一睁眼，立即跳下炕来向村里跑，我们家住在村外。我跑到大奶奶跟前，清脆甜美地喊上一声："奶奶！"她立即笑得合不上嘴，把手缩回到肥大的袖子，从口袋里掏出一小块馍馍，递给我，这是我一天最幸福的时刻。

此外，我也偶尔能够吃一点"白的"，这是我自己用劳动换来的。一到夏天麦收季节，我们家根本没有什么麦子可收。对门住的宁家大婶子和大姑——她们家也穷得够呛——就带我到本村或外村富人的地里去"拾麦子"。所谓"拾麦子"就是别家的长工割过麦子，总还会剩下那么一点点麦穗，这些都是不值得一捡的，我们这些穷人就来"拾"。因为剩下的决不会多，我们拾上半天，也不过拾半篮子；然而对我们来说，这已经是如获至宝了。一定是大婶和大姑对我特别照顾，以一个四五岁、五六岁的孩子，拾上一个夏天，也能拾上十斤八斤麦粒。这些都是母亲亲手搓出来的。为了对我加以奖励，麦季过后，母亲便把麦子磨成面，蒸成馍馍，或贴成白面饼子，让我解解馋。我于是就大快朵颐了。

记得有一年，我拾麦子的成绩也许是有点"超常"。到了中秋节——农民嘴里叫"八月十五"——母亲不知从哪里弄了点月饼，给我掰了一块，我就蹲在一块石头旁边，大吃起来。在当时，对我来说，月饼可真是神奇的好东西，龙肝凤髓也难以比得上的，我难得吃上一次。我当时并没有注意，母亲是否也在吃。现在回想起来，她根本一口也没有吃。不但是月饼，连其他"白的"，母亲从来都没有尝过，都留给我吃了。她大概是毕生就与红色的高粱饼子为伍。到了俭年，连这个也吃不上，那就只有吃野菜了。

至于肉类，吃的回忆似乎是一片空白。我姥娘家隔壁是一家卖煮牛肉的作坊。给农民劳苦耕耘了一辈子的老黄牛，到了老年，耕不动了，几个农民便以极其低的价钱买来，用极其野蛮的办法杀死，把肉煮烂，然后卖掉。老牛肉难煮，实在没有办法，农民就在肉锅里小便一通，这样肉就好烂了。农民心肠好，有了这种情况，就昭告四邻："今天的肉你们别买！"姥娘家穷，虽然极其疼爱我这个外孙，也只能用土罐子，花几个制钱，装一罐子牛肉汤，聊胜于无。记得有一次，罐子里多了一块牛肚子。这就成了我的专利。我舍不得一气吃掉，就用生了锈的小铁刀，一块一块地割着吃，慢慢地吃。这一块牛肚真可以同月饼媲美了。

"白的"、月饼和牛肚难得，"黄的"怎样呢？"黄的"也同样难得。但是，尽管我只有几岁，我却也想出了办法。到了春、夏、秋三个季节，庄外的草和庄稼都长起来了。我就到庄外去割草，或者到人家高粱地里去劈高粱叶。劈高粱叶，田主不但不禁止，而且还欢迎；因为叶子一劈，通风情况就能改进，高粱长得就能更好，粮食打得就能更多。草和高粱叶都是喂牛用的。我们家穷，从来没有养过牛。我二大爷家是有地的，经常养着两头大牛。我这草和高粱叶就是给它们准备的。每当我这个不到三块豆腐干高的孩子背着一大捆草或高粱叶走进二大爷的大门，我心里有所恃而不恐，把草放在牛圈里，赖着不走，总能蹭上一顿"黄的"吃，不会被二大娘"卷"（我们那里的土话，意思是"骂"）出来。到了过年的时候，自己心里觉得，在过去的一年里，自己喂牛立了功，又有了勇气到二大爷家里赖着吃黄面糕。黄面糕是用黄米面加上枣蒸成的。颜色虽黄，却位列"白的"之上，因为一年只在过年时吃一次，"物以稀为贵"，于是黄面糕就贵了起来。

　　我上面讲的全是吃的东西。为什么一讲到母亲就讲起吃的东西来了呢？原因并不复杂。第一，我作为一个孩子容易关心吃的东西。第二，所有我在上面提到的好吃的东西，几乎都与母亲无缘。除了"红的"以外，其余她都不沾边儿。我在她身边只待到六岁，以后两次奔丧回家，待的时间也很短。现在我回忆起来，连母亲的面影都是迷离模糊的，没有一个清晰的轮廓。特别有一点，让我难解而又易解：我无论如何也回忆不起母亲的笑容来，她好像是一辈子都没有笑过。家境贫困，儿子远离，她受尽了苦难，笑容从何而来呢？有一次我回家听对面的宁大婶子告诉我说："你娘经常说：'早知道送出去回不来，我无论如何也不会放他走的！'"简短的一句话里面含着多少辛酸、多少悲伤啊！母亲不知有多少日日夜夜，眼望远方，盼望自己的儿子回来啊！然而这个儿子却始终没有归去，一直到母亲离开这个世界。

　　对于这个情况，我最初懵懵懂懂，理解得并不深刻。到了上高中的时候，自己大了几岁，逐渐理解了。但是自己寄人篱下，经济不能独立，空有雄心壮志，怎奈无法实现，我暗暗地下定了决心，立下誓愿：一旦大学毕业，自己找到工作，立即迎养母亲。然而没有等到我大学毕业，母亲就离开我走了，永远永远地走了。古人说，"树欲静而风不止，子欲养而亲不待"，这话正应到我身上，我不忍想象母亲临终时思念爱子的情况；一想到，我就会心肝俱裂，眼泪盈眶。当我从北平赶回济南，又从济南赶回清平奔丧的时候，看到了母亲的棺材，看到那简陋的屋子，我真想一头撞死在棺材上，随母亲于地下。我后悔，我真后悔，我千不该万不该离开了母亲。世界上无论什么名誉，什么地位，什么幸福，什么尊荣，都比不上待在母亲身边，即使她一个字也不识，即使整天吃"红的"。

这就是我的"永久的悔"。

1994年3月5日

寸草心

我已至望九之年，在这漫长的生命中，亲属先我而去
的，人数颇多。俗话说："死人生活在活人的记忆里。"
先走的亲属当然就活在我的记忆里。越是年老，想到他们
的次数越多。想得最厉害的偏偏是几位妇女。因为我是一
个激烈的女权卫护者吗？不是的。那么究竟原因何在呢？
我说不清。反正事实就是这样。我只能说是因缘和合了。

我在下面依次讲四位妇女。前三位属于"寸草心"的
范畴，最后一位算是借了光。

大奶奶

我的上一辈，大排行，共十一位兄弟。老大、老二，
我叫他们"大大爷""二大爷"，是同父同母所生。大大

爷是个举人①，做过一任教谕，官阶未必入流，却是我们庄最高的功名，最大的官，因此家中颇为富有。兄弟俩分家，每人还各得地五六十亩。后来被划为富农。老三、老四、老五、老六、老八、老十，我从未见过，他们父母生身情况不清楚，因家贫遭灾，闯了关东，黄鹤一去不复归矣。老七、老九、老十一，是同父同母所生。老七是我父亲，从小父母双亡，我从来没有见过我的祖父母。贫无立锥之地，十一叔送给了别人，改了姓。九叔也万般无奈被迫背井离乡，流落济南，好歹算是在那里立定了脚跟。我六岁离家，投奔的就是九叔。

所谓"大奶奶"，就是举人的妻子。大大爷生过一个儿子，也就是说，大奶奶有过一个儿子②。可惜在娶妻生子后就夭亡了。我从来没有见过他。因此，在我上一辈十一人中，男孩子只有我这一个独根独苗。在旧社会"不孝有三，无后为大"的环境中，我成了家中的宝贝，自是意中事。可能还有一些别的原因，在我六岁离家之前，我就成了大奶奶的心头肉，一天不见也不行。

我们家住在村外，大奶奶住在村内。有很长一段时间，我每天早晨一睁眼，滚下土炕，一溜烟就跑到村内，一头扑到大奶奶怀里。只见她把手缩进非常宽大的袖筒里，不知从什么地方拿出半块或一整个白面馒头，递给我。当时吃白面馒头叫作吃"白的"，全村能每天吃"白的"的人，屈指可数，大奶奶是其中一个，季家全家是唯一的一个。对我这个连"黄的"（指小米面和玉米面）都吃不到，只能凑合着吃"红的"（红高粱面）的小孩子，"白的"简直就像

---

① 此处疑似笔误，应为"大大爷的父亲是个举人"。
② 此处疑似笔误，应为"大奶奶有过一个孙子"。

是龙肝凤髓，是我一天望眼欲穿地最希望享受到的。

按年龄推算起来，从能跑路到离开家，大约是从三岁到六岁，是我每天必见大奶奶的时期，也是我一生最难忘怀的一段生活。我的记忆中往往闪出一株大柳树的影子。大奶奶弥勒佛似的端坐在一把奇大的椅子上。她身躯胖大，据说食量很大。有一次，家人给她炖了一锅肉。她问家里的人："肉炖好了没有？给我盛一碗拿两个馒头来，我尝尝！"食量可见一斑。可惜我现在怎么样也挖不出吃肉的回忆。我不会没吃过的。大概我的最高愿望也不过是吃点"白的"，超过这个标准，对我就如云天渺茫，连回忆都没有了。

可是我终于离开了大奶奶，以古稀或耄耋的高龄，失掉我这块心头肉，大奶奶内心的悲伤，完全可以想象。"遥怜小儿女，未解忆长安。"我只有六岁，稍有点不安，转眼就忘了。等我第一次从济南回家的时候，是送大奶奶入土的。从此我就永远失掉了大奶奶。

大奶奶会永远活在我的记忆中。

我的母亲

我是一个最爱母亲的人，却又是一个享受母爱最少的人。我六岁离开母亲，以后有两次短暂的会面，都是由于回家奔丧。最后一次是分离八年以后，又回家奔丧。这次奔的却是母亲的丧。回到老家，母亲已经躺在棺材里，连遗容都没能见上。从此，人天永隔，连回忆里母亲的面影都变得迷离模糊，连在梦中都见不到母亲的真面目了。这样的梦，我生平不知已有多少次。直到耄耋之年，我仍然频频梦到面目不清的母亲，总是老泪纵横，哭着醒来。对享受母亲的爱来说，我注定是一个永恒的悲剧人物了。奈之何哉！奈之何哉！

关于母亲，我已经写了很多，这里不想再重复。我只想写一件我决不相信其为真而又热切希望其为真的小事。

在清华大学念书时，母亲突然去世。我从北平赶回济南，又赶回清平，送母亲入土。我回到家里，看到的只是一个黑棺材，母亲的面容再也看不到了。有一天夜里，我正睡在里间的土炕上，一叔陪着我。中间隔一片枣树林的对门的宁大叔，径直走进屋内，绕过母亲的棺材，走到里屋炕前，把我叫醒，说他的老婆宁大婶"撞客"了——我们那里把鬼附人体叫作"撞客"——撞的"客"就是我母亲。我大吃一惊，一骨碌爬起来，跌跌撞撞，跟着宁大叔，穿过枣林，来到他家。宁大婶坐在炕上，闭着眼睛，嘴里却不停地说着话，不是她说话，而是我母亲。一见我（毋宁说是一"听到我"，因为她没有睁眼），就抓住我的手，说："儿啊！你让娘想得好苦呀！离家八年，也不回来看看我。你知道，娘心里是什么滋味呀！"如此喋喋不休，说个不停。我仿佛当头挨了一棒，懵懵懂懂，不知所措。按理说，听到母亲的声音，我应当号啕大哭。然而，我没有，我似乎又清醒过来。我在潜意识中，连声问着自己：这是可能的吗？这是真事吗？我心里酸甜苦辣，搅成了一锅酱。我对"母亲"说："娘啊！你不该来找宁大婶呀！你不该麻烦宁大婶呀！"我自己的声音传到我自己的耳朵里，一片空虚，一片淡漠。然而，我又不能不这样，我的那一点"科学"起了支配的作用。"母亲"连声说："是啊！是啊！我要走了。"于是宁大婶睁开了眼睛，木然、愕然坐在土炕上。我回到自己家里，看到母亲的棺材，伏在土炕上，一直哭到天明。

我不能相信这是真的，但是希望它是真的。倚闾望子，望了八年，终于"看"到了自己心爱的独子，对母亲来说不也是一种安慰吗？但这是多么渺茫，多么神奇的一种安慰呀！

母亲永远活在我的记忆里。

我的婶母

这里指的是我九叔续弦的夫人。第一位夫人，虽然是把我抚养大的，我应当感谢她；但是，留给我的却不都是愉快的回忆。我写不出什么文章。

这一位续弦的婶母，是在1935年夏天我离开济南以后才同叔父结婚的，我并没见过她。到了德国写家信，虽然"敬禀者"的对象中也有"婶母"这个称呼，却对我来说是一个空洞的概念，一直到1947年，也就是说十二年以后，我从北平乘飞机回济南，才把概念同真人对上了号。

婶母（后来我们家里称她为"老祖"）是绝顶聪明的人，也是一个有个性有脾气的人。我初回到家，她是斜着眼睛看我的。这也难怪。结婚十几年了，忽然凭空冒出来了一个侄子。"他是什么人呢？好人？坏人？好不好对付？"她似乎有这样多问号。这是人之常情，不能怪她。

我却对她非常尊敬，她不是个一般的人。我离家十二年，我在欧洲经历了第二次世界大战，她在国内经历了日军占领和抗日战争。我是亲老、家贫、子幼，可是鞭长莫及。有五六年，音讯不通。上有老，下有小，叔父脾气又极暴烈，甚至有点乖戾，极难侍奉。有时候，经济没有来源，全靠她一个人支撑。她摆过烟摊；到小市上去卖衣服家具；在日军刺刀下去领混合面；骑着马到济南南乡里去勘查田地，充当地牙子，赚点钱供家用；靠自己幼时所学的中医知识，给人看病。她以"少妻"的身份，对付难以对付的"老夫"。她的苦心至今还催我下泪。在这万分艰苦的情况下，她没让孙女和孙子失学，把他们抚养成人。总之，一句话，如果没有老祖，我们的家早就完了。我回到家里来也恐怕只能看到一座空房，妻离子散，叔父归天。

我自认还不是一个混人。我极重感情，决不忘恩。老祖的所作所为，我看到眼里，记在心中。回北平以后，给她写了一封长信，称她为"老季家的功臣"。听说，她很高兴。见了自己的娘家人，详细通报。从此，她再也不斜着眼睛看我了，我们两人之间的关系十分融洽，互相尊重。我们全家都尊敬她，热爱她，"老祖"这一个朴素简明的称号，就能代表我们全家人的心。

叔父去世以后，老祖同我的妻子彭德华从济南迁来北京。我们一起生活了将近三十年，从没有半点龃龉，总是你尊我敬。自从我六岁到济南以后，六七十年来，我们家从来没有吵过架，这是极为难得的。我看进入吉尼斯世界纪录，也不为过。老祖到我家以后，我们能这样和睦，主要归功于她和德华两人，我在其中起的作用，微乎其微。以八十多的高龄，老祖身体健康，精神愉快，操持家务，全都靠她。我们只请了做小时工的保姆。老祖天天背着一个大黑布包，出去采买食品菜蔬，成为朗润园的美谈。老祖是非常满意的，告诉自己的娘家人说："这一家子都是很孝顺的。"可见她晚年心情之一斑。我个人也是非常满意的，我安享了二三十年的清福。老祖以九十岁的高龄离开人世。我想她是含笑离开的。

老祖永远活在我的记忆里。

1995年6月24日

我的妻子

我在上面说过：德华不应该属于"寸草心"的范畴。她借了光。人世间借光的事情也是常有的。

我因为是季家的独根独苗，身上负有传宗接代的重大任务，所以十八岁就结了婚。父母之命，媒妁之言，自不在话下。德华长我四岁。对我们家来说，她真正做到了"毫不利己，专门利人"，一辈子勤勤恳恳，有时候还要含辛茹苦。上有公婆，下有稚子幼女，丈夫十几年不在家。公公又极难侍候，家里又穷，经济朝不保夕。在这些年，她究竟受了多少苦，她只是偶尔对我流露一点，我实在说不清楚。

德华天资不是太高，只念过小学，大概能认千八百字。当我念小学的时候，我曾偷偷地看过许多旧小说，什么《西游记》《封神演义》《彭公案》《施公案》《济公传》《七侠五义》《小五义》等等都看过。当时这些书对我来说是"禁书"，叔叔称之为"闲书"。看"闲书"是大罪状，是绝对不允许的。但是，不但我，连叔父的女儿秋妹都偷偷地看过不少。她把小说中常见的词儿"飞檐走壁"念成"飞腾走壁"，一时传为笑柄。可是，德华一辈子也没有看过任何一部小说，别的书更谈不上了。她没有给我写过一封信，她根本拿不起笔来。到了晚年，连早年能认的千八百字也都大半还给了老师，剩下的不太多了。因此，她对我一辈子搞的这一套玩意儿根本不知道是什么东西，有什么意义。她似乎从来也没有想知道过。在这方面，我们俩毫无共同的语言。

在文化方面，她就是这个样子。然而，在道德方面，她却是超一流的。上对公婆，她真正尽上了孝道；下对子女，她真正做到了慈母应做的一切；中对丈夫，她绝对忠诚，绝对服从，绝对爱护。她是一个极为难得的孝顺媳妇，贤妻良母。她对待任何人都是忠厚诚恳，从来没有说过半句闲话。她不会撒谎，我敢保证，她一辈子没有说过半句谎话。如果中国将来要修"二十几史"，而其中又有什么"妇女列传"或"闺秀列传"的话，她应该榜上有名。

1962年，老祖同德华从济南搬到北京来，我过单身汉生活数十年，现在总算是有了一个家。这也是德华一生的黄金时期，也是我一生最幸福的时候。我们和睦相处，你尊我让，从来没有吵过嘴。有时候家人朋友团聚，食前方丈，杯盘满桌，烹饪往往由她们二人主厨。饭菜上桌，众人狼吞虎咽，她们俩却往往是坐在一旁，笑眯眯地看着我们吃，脸上流露出极为怡悦的表情。对这样的家庭，一切赞誉之词都是无用的，都会黯然失色的。

我活到了八十多，参透了人生真谛。人生无常，无法抗御。我在极端的快乐中，往往心头闪过一丝暗影：天下无不散的筵席。我们家这一出十分美满的戏，早晚会有煞戏的时候。果然，老祖先走了，去年德华又走了。她也已活到超过米寿，她可以瞑目了。

德华永远活在我的记忆里。

1995年6月25日

忆念宁朝秀大叔

　　我六岁以前，住在山东省清平县（后归临清）官庄。我们的家是在村外，离开村子还有一段距离。我家的东门外是一片枣树林，林子的东尽头就是宁大叔的家，我们可以说是隔林而居。

　　宁家是贫农，大概有两三亩地。全家就以此为生。人口只有三人：宁大叔、宁大婶和宁大姑。至于宁大姑究竟多大，要一个六岁前的孩子说出来，实在是要求太高了。宁家三口我全喜欢，特别喜欢宁大姑，因为我同她在一起的时候最多。我当时的伙伴，村里有杨狗和哑巴小。只要我到村里去，就一定找他俩玩。实际上也没有什么可玩的，无非是在泥土地里滚上一身黄泥，然后跳入水沟中去练习狗爬游泳。如此几次反复，终于尽欢而散。

　　实际上，我最高兴同宁大姑在一起。大概从我三四岁起，宁大姑就带我到离开官庄很远的地方去拾麦穗。地主和富农土地多，自己从来不下地干活，而是雇扛活的替他们耕种，他们坐享其成。麦收的时候，宁大姑就带我去拾麦穗。割过的麦田里间或有遗留下来的小麦穗。所谓"拾麦子"，就是指捡这样的麦穗。我像煞有介事似的提一个小篮子，跟在宁大姑身后捡拾麦穗。每年夏季一个多月，也能拾到十斤八斤麦穗。母亲用手把麦粒搓出来，可能有斤把。数量虽小，可是我们家里绝对没有的。母亲把这斤把白面贴成白面糊饼（词典上无此词），我们当时只能勉强吃红高粱饼子，一吃白面，大快朵颐，是一年难得的一件大事。有一年，不知道母亲是从哪里弄来了一块月饼。这当然比白面糊饼更好吃了。

夏天晚上，屋子里太热，母亲和宁大婶、宁大姑，还有一些住在不远的地方的大婶们和大姑们，凑到一起，坐在或躺在铺在地上的苇子席上，谈一些张家长李家短的琐事。手里摇着大蒲扇驱逐蚊虫。宁大姑和我对谈论这些事情都没有兴趣。我们躺在席子上，眼望着天。乡下的天好像是离地近，天上的星星也好像是离人近，它们在不太辽远的天空里向人们眨巴眼睛。有时候有流星飞过，我们称之为"贼星"，原因不明。

西面离开我们不太远，有一棵大白杨树，大概已有几百年的寿命了。浓荫匝地，枝头凌云，是官庄有名的古树之一。我母亲现在就长眠在这棵大树下。愿她那在天之灵能够得到幸福，能看到自己的儿子，她的儿子没有给她丢人。

我在过去七八十年中写过很多篇怀念母亲的文章。但是，对母亲这个人还从来没有介绍过。现在我想借忆念宁朝秀大叔的机会来介绍一下我的母亲。

　　母亲姓赵，五里长屯人，离官庄大概有五里路。根据一个五六岁的孩子的观察，赵老娘家大概很穷。我从来不记得她给我过什么好吃的东西。她家的西邻是一家专门杀牛、卖酱牛肉的屠户。我只记得，一个冬天，从赵姥娘家提回来了一罐子结成了冻儿的牛肉汤。我生平还没有吃过肉，一旦吃到这样的牛肉汤，简直可以比得上龙肝凤髓了。母亲只是尝了一小口，其余全归我包圆儿了。我自己全不体会母亲爱子之情，一味地猛吃猛喝。母亲活了一辈子，连个名字都没捞到，临走时还是一个季赵氏。可怜我那可怜的母亲，可怜兮兮地活了一辈子，最远的长途旅行是从官庄到五里长屯，共五华里，再远的地方没有到过。至于母亲是什么模样，很惭愧，即使我是画家，我也拿不出一幅素描来。1932年母亲去世的时候，我痛不欲生，曾写过一幅类似挽联的东西："为母子一场，只留得面影迷离，入梦浑难辨，茫茫苍天，此恨曷极！"可见当时已经不清楚了。现在让我全部讲清楚，不亦难乎？但是，有一点我是完全可以肯定的。在八十多年以前，在清平官庄夏季之夜里，母亲抱着我，一个胖墩墩的男孩，从场院里抱回家里放在炕头上睡觉。此时母亲的心情该是多么愉快，多么充实，多么自傲，又是多么丰盈。然而好景不长，过了没有几年，她这一个宝贝儿子就被"劫持"到了济南。这是母亲完全没有料到的，也是完全无能为力的。此后，由于家里出了丧事，我回家奔丧，曾同母亲小住数日。最后竟至八年没有见面。我回家奔母亲之丧时，棺材盖已经钉死，终于也没有能见到母亲一面，抱恨终天矣。我只知道儿子想念母亲的痴情，何曾想到母亲倚闾望子之痴情。我把宝押在大学毕业上。只要我一旦毕业，立即迎养母亲进城。古人说："树欲静而风不止，子欲养而亲不待。"

正应到我身上。我在外面是有工作的，不能够用全部时间来怀念母亲，而母亲是没有活可干的。她几乎是用全部时间来怀念儿子。看到房门前的大杏树，她会想到，这是儿子当年常爬上去的。看到房后大苇坑里的水，她会想到，这是儿子当年洗澡的地方。回顾四面八方，无处不见儿子的影子。然而这个儿子却如海上蓬莱三山之外的仙山，不可望不可即了。奈之何哉！奈之何哉！

我曾写过很多篇怀念母亲的文章，自谓一个做儿子的所应做的事情，我都已做到了。现在才知道，我对母亲思子之情并不了解。现在才稍稍开了点窍。

上面我借写宁朝秀大叔的机会，介绍了一下我的母亲。

现在仍然回头来写宁大叔。

我在上面已经说过，宁大叔家是贫农，只有两三亩地。宁大婶和宁大姑都是妇道人家，参加不了种地的活。所有种地的活都靠宁大叔一个人。耕地要牛，人之常识。但是，有牛又谈何容易。官庄前街有牛的人家屈指可数。首先是大地主张家楼张家，住在一条胡同里，家里有五头牛。主人从来不走出家门。其次一家就是我的二大爷，是举人的第二个儿子，属于富农，有两头牛和一个扛活的。至于杨家和马家是否有牛，我就不清楚了。

反正宁大叔家里只有他，没有牛。在这种情况下，只有把人变成牛，才能种庄稼。"锄禾日当午，汗滴禾下土。谁知盘中餐，粒粒皆辛苦。"至于宁大叔是怎么操作的，我没有看到过，不敢乱说。

不知是由于什么原因，也不知是从什么时候起，我们家长期保留着三分地。早先是怎么耕种，我不清楚。自我父亲去世到我母亲去世长达八年的时间内，耕种都由宁大叔一人承担，这是非常清楚的。在这八年内，母亲一文钱的收入也没有，靠的就是这三分地。如果我是一个脑筋灵活的人，每年给母亲寄三四十元钱，这能力我还是有的。可怜我的脑筋是一个死木头疙瘩，把希望统统放在大学毕业上，真是其愚不可及也。

在农民中，我们家算是什么成分呢？我一直不清楚。土改时，宁大叔当时是贫协主席，还给我们家分了地，对我母亲和我而言，我认为，这是公正的。但是，对是家长的我父亲而言，却是不公正的。

我现在就来谈一谈我的父亲。我不奉行那种为尊者讳、为贤者讳的教条。反正你不说，人家也都知道。这些事情都已经成了历史，历史是无法改变的。我在官庄的上一辈，大排行十一人。只有一、二、七、九、十一留在关内，其余六人全因穷下了关东。我的父亲排行七、济南的叔父行九、与行十一的一叔是同母所生。一叔生下后，父母双亡，他被送了人，改姓刁。父亲和叔父，无父无母，留在官庄，饿得只能以捡掉在地上的干枣果腹。日子实在无法过下去，便商量到济南去闯荡。二人大概很受了不少的苦，当过巡警，扛过大件。最终叔父在济南立定了脚跟。兄弟二人便商议，父亲回家，好好务农。叔父留在济南挣钱，寄回家去。有朝一日，二人衣锦荣归，消泯胸中那一团郁闷之气。完全出人意料，这样的机会不久就得到了。叔父在东北中了湖北水灾头奖，十分之一共三千元。在当时，三千元是一个极大的数目。当时我还没有出生。后来听说，雇人用车往官庄推制钱。可见钱之多。现在兄弟俩真是衣锦还乡了，好不神气！父亲要盖大宅子。碰巧当时附近砖瓦窑都没有开窑。父亲便昭告天下：有谁拆了自己的房子，出卖砖瓦，他将用十倍的价钱来收购。结果宅子盖成了：五间北房，东西房各三间，大门朝南，极有气派。一时颇引起了轰动，弟兄俩算是露了脸。但是，时隔没有多久，父亲把能挥霍的都挥霍光了，最后只能打房子的主意。整个地卖，没有人买得起；分开来卖，没有人买。于是自留西房三间，其余北房五间，东房三间统统拆掉，卖砖卖瓦，没有人买，只好把价钱降到最低，等于破砖烂瓦。

我讲到父亲的挥霍，其实他既不酗酒、嗜赌，也不嫖、吃，自己没有什么嗜好。据我观察，他的唯一嗜好是充大爷。有点孟尝君的味道。他能在庙会上大言宣布："今天到会的，我都请客！"他去世的时候，我奔丧回家，为他还账，只是下酒吃的炸花生米钱就有一百多元。那时候一百元是个大数目。大学助教每月工资八十元，这些东西当然都不是他自己吃的，而是他那些酒友。

父亲认字，能读书，年幼的时候，他那中了举的大伯大概教他和九叔念书认字。他在农村算是什么成分，我说不清。他反正从来也没有务过农，没有干过庄稼活。我到了济南以后，有很多年，他在农村把钱挥霍光了，就进城找叔父要钱。直到有一年，他又进城来要钱。他坐在北屋里，婶母在西屋里使用了中国旧式妇女传统的办法，扬声大喊，指桑骂槐，把父亲数落了一阵。父亲没有办法，只有走人，婶母还当面挽留。从此父亲就几乎不到济南来了。他在农村怎样过日子，我不知道。我自己寄人篱下，想什么都没有用了。

父亲卧病的时候，叔父还让我陪他回官庄一趟。此时，父亲已经不能说话，难兄难弟，只能相对而泣而已。我叔父对他这一位败家能手的哥哥，尽悌道可谓尽到了百分之百。这给我留下了毕生难忘的印象，认为是常人难以做到的。

　　这一篇文章本来是写宁朝秀大叔的，结果是鹊巢鸠占，大部分篇幅都让老季家占了。我在这里介绍了我的母亲，介绍了我的父亲，介绍了父亲和叔父的关系，把一个宁大叔不知挤到哪里去了。事实上，我奔父丧回家的时候，天天见到宁大叔，还有宁大婶和宁大姑。离开官庄以后，直到母亲逝世长达八年的时间内，我不但没能看到宁家一家人，连想到他们的时间也几乎没有。我奔母丧回到官庄，当然天天同宁家一家见面。宁大姑特别怀念当年挎一个小篮子随着她去拾麦穗的情景，想不到我一转眼竟变成了大人。当时我们家已经没有了主妇，事情大概都由宁大婶操办。

　　我离开官庄后，在欧洲待了十年多。回国后不久，就迎来了解放。家乡的情况极不清楚。一直到今天，自己已经九十多岁了。但是想到宁大叔一家的时间却越来越多。宁大叔一家将永远活在我的记忆中。

2003年7月7日 于301医院

元旦思母

又一个新的元旦来到了我的眼前。这样的元旦，我已经过过九十几个。要说我对它没有新的感觉，不是恰如其分吗？

但是，古人诗说"每逢佳节倍思亲"。当前的元旦，是佳节中最佳的节。"天增岁月人增寿，春满乾坤福满门"，还能有比这更有意义的事情吗？还能有比这更佳的佳节吗？我是一个富有感情的人，感情超过需要的人，我焉得而不思亲乎？

思亲首先就是思母亲。

母亲逝世已经超过半个世纪了。我怀念她的次数却是越来越多，灵魂的震荡越来越厉害。我实在忍受不了，真想追母亲于地下了。

不知是出于什么原因，最近几年以来，我每次想到母亲，眼前总浮现出一张山水画：低低的一片山丘，上面修建了一座亭子，周围植绿竹十余竿，幼树十几株，地上有青草。按道理，这样一幅画的底色应该是微绿加微黄，宛然一幅元人倪云林的小画。然而我眼前的这幅画整幅显出了淡红色，这样一个地方在宇宙间是找不到的。可是，我每次一想母亲，这幅画便飘然出现，到现在已经出现过许多许多次，从来没有一点改变。胡为而来哉！恐怕永远也不会找到答案的。也或许是说，在这一幅小画上的我的母亲，在这一元复始，万象更新之际，让这一幅小画告诫我，永远不要停顿，要永远向前，千万不能满足于当前自己已经获得的这一点小小的成就。要前进，再前进，永不停息。

2006年1月3日

第二辑　留得春光过四时

香　橼

　　书桌上摆着一只大香橼，半黄半绿，黄绿相间，耀目争辉。每当夜深人静，我坐下来看点什么写点什么的时候，它就在灯光下闪着淡淡的光芒，散发出一阵阵的暗香，驱除了我的疲倦，振奋了我的精神。

　　它也唤起了我的回忆，回忆到它的家乡，云南思茅。

　　思茅是有名的地方。可是，在过去几百年几千年的历史上，它是地地道道的蛮烟瘴雨之乡。对内地的人来说，它是一个神秘莫测的地方，除非被充军，是没有人敢到这里来的。来到这里，也就不想再活着离开。"江南瘴疠地"，真令人谈虎色变。当时这里流行着许多俗语："要下思茅坝，先把老婆嫁"，"只见娘怀胎，不见儿上街"等等。这是从实际生活中归纳出来的结论，情况也真够惨的了。

就说十几二十年以前吧，这里也还是一个人间地狱。1938年和1948年，这里爆发了两次恶性疟疾，每两个人中就有一个患病死亡的。城里的人死得没有剩下几个。即使在白天，也是阴风惨惨。县大老爷的衙门里，野草长到一人多高。平常住在深山密林里的虎豹，干脆扶老携幼把家搬到县衙门里来，在这里生男育女，安居乐业，这里比山上安全得多。

这就是过去的情况。

但是，不久以前，当我来到祖国这个边疆城市的时候，情况却完全不一样了。我们一走下飞机，就爱上了这个地方。这简直是一个宝地，一个乐园。这里群山环翠，碧草如茵，有四时不谢之花，八节长春之草。我们都情不自禁地唱起"思茅的天，是晴朗的天"这样自己编的歌来。你就看那菜地吧：大白菜又肥又大，一棵看上去至少有三十斤。叶子绿得像翡翠，这绿色仿佛凝固了起来，一伸手就能抓到一块。香蕉和芭蕉也长得高大逾常，有的竟赛过两层楼房，把黑大的影子铺在地上。其他的花草树木，无不繁荣茂盛，郁郁苍苍。到处是一片绿、绿、绿。我感到有一股活力，奔腾横溢，如万斛泉涌，拔地而出。

人呢，当然也都是健康的。现在，恶性疟疾已经基本上扑灭。患这种病的人一千人中才有两个，只等于过去的二百五十分之一。即使不幸得上这种病，也有药可以治好。所谓"蛮烟瘴雨"，早成历史陈迹了。

我永远也忘不掉我们参观的那一个托儿所。这里面窗明几净，地无纤尘。谁也不会想到，就在十几年前，这里还是一片荒草。我们看了所有的屋子，那些小桌子、小椅子、小床、小凳、小碗、小盆，无不整整齐齐，干干净净。这里的男女小主人更是个个活泼可爱，个个都是小胖子。他们穿着花花绿绿的衣服，向我们高声问好，给我们表演唱歌跳舞。红苹果似的小脸笑成了一朵朵的花。我立刻想到那句俗语——"只见娘怀胎，不见儿上街"，我心里思绪万端，真有不胜今昔之感了。我们说这个地方现在是乐园、是宝地，除此之外，难道还有更恰当的名称吗？

就在这样一个宝地上，我第一次见到大香橼。香橼，我早就见过；但那是北京温室里培育出来的，倒是娇小玲珑，可惜只有鸭蛋那样大。思茅的香橼却像小南瓜那样大，一个有四五斤重。拿到手里，清香扑鼻。颜色有绿有黄，绿的像孔雀的嗉袋，黄的像田黄石，令人爱不释手。我最初确有点吃惊：怎么香橼竟能长到这样大呢？但立刻又想到，宝地生宝物，不也是很自然的吗？

我们大家都想得到这样一只香橼。画家想画它，摄影家想照它。我既不会画，也不会摄影，但我十分爱这个边疆的城市，却又无法把它放在箱子里带回北京。我觉得，香橼就是这个城市的象征，带走一只大香橼，就无异于带走思茅。于是我就买了一只，带回北京来，现在就摆在我的书桌上。我每次看到它，就回忆起思茅来，回忆起我在那里度过的那一些愉快的日子来，那些动人心魄的感受也立刻涌上心头。思茅仿佛就在我的眼前，历历如绘。在这时候，我的疲倦被驱除了，我的精神振奋起来了，而且我还幻想，在今天的情况下，已经长得够大的香橼，将来还会愈长愈大。

1962年3月30日

春满燕园

　　燕园花事渐衰。桃花、杏花早已开谢。一度繁花满枝的榆叶梅现在已经长出了绿油油的叶子。连几天前还开得像一团锦绣似的西府海棠，也已落英缤纷、残红满地了。丁香虽然还在盛开，灿烂满园，香飘十里，但已显出疲惫的样子。北京的春天本来就是短的，"雨横风狂三月暮，门掩黄昏，无计留春住"。看来春天就要归去了。

　　但是人们心头的春天却方在繁荣滋长。这个春天，同在大自然里的春天一样，也是万紫千红、风光旖旎的。但它却比大自然里的春天更美、更可爱、更真实、更持久。郑板桥有两句诗："闭门只是栽兰竹，留得春光过四时。"我们不栽兰，不种竹；我们就把春天栽种在心中，它不但能过今年的四时，而且能过明年、后年、不知多少年的四时，它要常驻我们心中，成为永恒的春天了。

昨天晚上，我走过校园。四周一片寂静，只有远处的蛙鸣划破深夜的沉寂。黑暗仿佛凝结了起来，能摸得着，捉得住。我走着走着，蓦地看到远处有了灯光，是从一些宿舍的窗子里流出来的。我心里一愣，我的眼睛仿佛有了佛经上叫作天眼通的那种神力，透过墙壁就看了进去。我看到一位年老的教师在那里伏案苦读。他仿佛正在写文章，想把几十年的研究心得写下来，丰富我们文化知识的宝库。他又仿佛是在备课，想把第二天要讲的东西整理得更深刻、更生动，让青年学生获得更多的滋养。他也可能是在看青年教师的论文，想给他们提些意见，共同切磋琢磨。他时而低头沉思，时而抬头微笑。对他说来，这时候，除了他自己和眼前的工作以外，宇宙万物都似乎不存在。他完完全全陶醉于自己的工作中了。

今天早晨，我又走过校园。这时候，晨光初露，晓风未起。浓绿的松柏，淡绿的杨柳，大叶的杨树，小叶的槐树，成行并列，相映成趣。未名湖绿水满盈，不见一条皱纹，宛如一面明镜。还看不到多少人走路，但从绿草湖畔，丁香丛中，杨柳树下，土山高头却传来一阵阵朗诵外语的声音。倾耳细听，俄语、英语、梵语、阿拉伯语等等，依稀可辨。在很多地方，我只是闻声而不见人。但是仅仅从声音里也可以听出那种如饥如渴迫切吸收知识、学习技巧的炽热心情。这一群男女大孩子仿佛想把知识像清晨的空气和芬芳的花香那样一口气吸下去。我走进大图书馆，又看到一群男女青年挤坐在里面，低头做数学或物理化学的习题。也都是全神贯注，鸦雀无声。

我很自然地就把昨天夜里的情景同眼前的情景联系了起来。年老的一代是那样，年青的一代又是这样。还能有比这更动人的情景吗？我心里陡然充满了说不出的喜悦。我仿佛看到春天又回到园中，繁花满枝，一片锦绣。不但已经开过花的桃树和杏树又开出了粉红色的花朵，连根本不开花的榆树和杨柳也满树红花。未名湖中长出了车轮般的莲花。正在开花的藤萝颜色显得格外鲜艳。丁香也是精神抖擞，一点也不显得疲惫。总之是万紫千红，春色满园。

这难道仅仅是我一个人的幻象吗？不是的，这是我心中那个春天的反映。我相信，住在这个园子里的绝大多数的教师和同学心中都有这样一个春天，眼前也都看到这样一个春天。这个春天是不怕时间的。即使到了金风送爽、霜林染醉的时候，到了大雪漫天、一片琼瑶的时候，它也会永留心中，永留园内，它是一个永恒的春天。

1962年5月11日

马缨花

　　曾经有很长的一段时间，我孤零零一个人住在一个很深的大院子里。从外面走进去，越走越静，自己的脚步声越听越清楚，仿佛从闹市走向深山。等到脚步声成为空谷足音的时候，我住的地方就到了。

　　院子不小，都是方砖铺地，三面有走廊。天井里遮满了树枝，走到下面，浓荫匝地，清凉蔽体。从房子的气势来看，从梁柱的粗细来看，依稀还可以看出当年的富贵气象。

　　这富贵气象是有来源的。在几百年前，这里曾经是明朝的东厂。不知道有多少忧国忧民的志士曾在这里被囚禁过，也不知道有多少人在这里受过苦刑，甚至丧掉性命。据说当年的水牢现在还有迹可循哩。

　　等到我住进去的时候，富贵气象早已成为陈迹，但是阴森凄苦的气氛却是原封未动。再加上走廊上陈列的那一些汉代的石棺石椁，古代的刻着篆字和隶字的石碑，我一走回这个院子里，就仿佛进入了古墓。这样的环境，这样的气氛，把我的记忆提到几千年前去；有时候我简直就像是生活在历史里，自己俨然成为古人了。

这样的气氛同我当时的心情是相适应的，我一向又不相信有什么鬼神，所以我住在这里，也还处之泰然。

但是也有紧张不泰然的时候。往往在半夜里，我突然听到推门的声音，声音很大，很强烈。我不得不起来看一看。那时候经常停电。我只能在黑暗中摸索着爬起来，摸索着找门，摸索着走出去。院子里一片浓黑，什么东西也看不见。连树影子也仿佛同黑暗粘在一起，一点都分辨不出来。我只听到大香椿树上有一阵窸窸窣窣的声音，然后咪噢的一声，有两只小电灯似的眼睛从树枝深处对着我闪闪发光。

这样一个地方，对我那些经常来往的朋友们来说，是不会引起什么好感的。有几位在白天还有兴致来找我谈谈，他们很怕在黄昏时分走进这个院子。万一有事，不得不来，也一定在大门口向工友再三打听，我是否真在家里，然后才有勇气，跋涉过那一个长长的胡同，走过深深的院子，来到我的屋里。有一次，我出门去了，看门的工友没有看见。一位朋友走到我住的那个院子里，在黄昏的微光中，只见一地树影，满院石棺，我那小窗上却没有灯光。他的腿立刻抖了起来，费了好大力气才拖着它们走了出去。第二天我们见面时，谈到这点经历，两人相对大笑。

我是不是也有孤寂之感呢？应该说是有的。当时正是"万家墨面没蒿莱"的时代，北京城一片黑暗。白天在学校里的时候，同青年同学在一起，从他们那蓬蓬勃勃的斗争意志和生命活力里，还可以吸取一些力量和快乐，精神十分振奋。但是一到晚上，当我孤零一个人走回这个所谓家的时候，我仿佛遗世而独立。没有人声，没有电灯，没有一点活气。在煤油灯的微光中，我只看到自己那高得、大得、黑得惊人的身影在四面的墙壁上晃动，仿佛是有个巨灵来到我的屋内。寂寞像毒蛇似的偷偷地袭来，折磨着我，使我无所逃于天地之间。

在这样无可奈何的时候，有一天，在傍晚的时候，我从外面一走进那个院子，蓦地闻到一股似浓似淡的香气。我抬头一看，原来是遮满院子的马缨花开花了。在这以前，我知道这些树都是马缨花；但是我却没有十分注意它们。今天它们用自己的香气告诉了我它们的存在。这对我似乎是一件新事。我不由得就站在树下，仰头观望：细碎的叶子密密地搭成了一座天棚，天棚上面是一层粉红色的细丝般的花瓣，远处望去，就像是绿云层上浮上了一团团的红雾。香气就是从这一片绿云里洒下来的，洒满了整个院子，洒满了我的全身，使我仿佛游泳在香海里。

花开也是常有的事，开花有香气更是司空见惯。但是，在这样一个时候，这样一个地方，有这样的花，有这样的香，我就觉得很不寻常；有花香慰我寂寥，我甚至有一些近乎感激的心情了。

从此，我就爱上了马缨花，把它当成了自己的知心朋友。

北京终于解放了。1949 年的 10 月 1 日给全中国带来了光明与希望，给全世界带来了光明与希望。这一个具有重大意义的日子在我的生命里画上了一道鸿沟，我仿佛重新获得了生命。可惜不久我就搬出了那个院子，同那些可爱的马缨花告别了。

时间也过得真快，到现在，才一转眼的工夫，已经过去了十三年。这十三年是我生命史上最重要、最充实、最有意义的十三年。我看了很多新东西，学习了很多新东西，走了很多新地方。我当然也看了很多奇花异草。我曾在亚洲大陆最南端科摩林海角看到高凌霄汉的巨树上开着大朵的红花；我曾在缅甸的避暑胜地东枝看到开满了小花园的火红照眼的不知名的花朵；我也曾在塔什干看到长得像小树般的玫瑰花。这些花都是异常美妙动人的。

然而使我深深地怀念的却仍然是那些平凡的马缨花。我是多么想见到它们呀！

最近几年来，北京的马缨花似乎多起来了。在公园里，在马路旁边，在大旅馆的前面，在草坪里，都可以看到新栽种的马缨花。细碎的叶子密密地搭成了一座座的天棚，天棚上面是一层粉红色的细丝般的花瓣。远处望去，就像是绿云层上浮上了一团团的红雾。这绿云红雾飘满了北京。衬上红墙、黄瓦，给人民的首都增添了绚丽与芬芳。

我十分高兴。我仿佛是见了久别重逢的老友。但是，我却隐隐约约地感觉到，这些马缨花同我回忆中的那些很不相同。叶子仍然是那样的叶子，花也仍然是那样的花；在短短的十几年以内，它绝不会变了种。它们不同之处究竟何在呢？

我最初确实是有些困惑，左思右想，只是无法解释。后来，我扩大了我回忆的范围，不把回忆死死地拴在马缨花上面，而是把当时所有同我有关的事物都包括在里面。不管我是怎样喜欢院子里那些马缨花，不管我是怎样爱回忆它们，回忆的范围一扩大，同它们联系在一起的不是黄昏，就是夜雨，否则就是迷离凄苦的梦境。我好像是在那些可爱的马缨花上面从来没有见到哪怕是一点点阳光。

然而，今天摆在我眼前的这些马缨花，却仿佛总是在光天化日之下。即使是在黄昏时候，在深夜里，我看到它们，它们也仿佛是生气勃勃，同浴在阳光里一样。它们仿佛想同灯光竞赛，同明月争辉。同我回忆里那些马缨花比起来，一个是照相的底片，一个是洗好的照片；一个是影，一个是光。影中的马缨花也许是值得留恋的，但是光中的马缨花不是更可爱吗？

我从此就爱上了这光中的马缨花。而且我也爱藏在我心中的这一个光与影的对比。它能告诉我很多事情，带给我无穷无尽的力量，送给我无限的温暖与幸福；它也能促使我前进。我愿意马缨花永远在这光中含笑怒放。

1962年10月1日

夹竹桃

夹竹桃不是名贵的花，也不是最美丽的花；但是，对我说来，它却是最值得留恋最值得回忆的花。

不知道由于什么缘故，也不知道从什么时候起，在我故乡的那个城市里，几乎家家都种上几盆夹竹桃，而且都摆在大门内影壁墙下，正对着大门口。客人一走进大门，扑鼻的是一阵幽香，入目的是绿蜡似的叶子和红霞或白雪似的花朵，立刻就感觉到仿佛走进自己的家门口，大有宾至如归之感了。

我们家的大门内也有两盆，一盆红色的，一盆白色的。我小的时候，天天都要从这下面走出走进。红色的花朵让我想到火，白色的花朵让我想到雪。火与雪是不相容的；但是，这两盆花却融洽地开在一起，宛如火上有雪，或雪上有火。我顾而乐之，小小的心灵里觉得十分奇妙，十分有趣。

只有一墙之隔，转过影壁，就是院子。我们家里一向是喜欢花的；虽然没有什么非常名贵的花，但是常见的花却是应有尽有。每年春天，迎春花首先开出黄色的小花，报告春的消息。以后接着来的是桃花、杏花、海棠、榆叶梅、丁香等等，院子里开得花团锦簇。到了夏天，更是满院葳蕤。凤仙花、石竹花、鸡冠花、五色梅、江西腊等等，五彩缤纷，美不胜收。夜来香的香气熏透了整个的夏夜的庭院，是我什么时候也不会忘记的。一到秋天，玉簪花带来凄清的寒意，菊花报告花事的结束。总之，一年三季，花开花落，没有间歇；情景优美，变化亦多。

然而，在一墙之隔的大门内，夹竹桃却在那里静悄悄地一声不响，一朵花败了，又开出一朵；一嘟噜花黄了，又长出一嘟噜；在和煦的春风里，在盛夏的暴雨里，在深秋的清冷里，看不出什么特别茂盛的时候，也看不出什么特别衰败的时候，无日不迎风弄姿，从春天一直到秋天，从迎春花一直到玉簪花和菊花，无不奉陪。这一点韧性，同院子里那些花比起来，不是形成一个强烈的对照吗？

但是夹竹桃的妙处还不止于此。我特别喜欢月光下的夹竹桃。你站在它下面，花朵是一团模糊，但是香气却毫不含糊，浓浓烈烈地从花枝上袭了下来。它把影子投到墙上，叶影参差，花影迷离，可以引起我许多幻想。我幻想它是地图，它居然就是地图了。这一堆影子是亚洲，那一堆影子是非洲，中间空白的地方是大海。碰巧有几只小虫子爬过，这就是远渡重洋的海轮。我幻想它是水中的荇藻，我眼前就真的展现出一个小池塘。夜蛾飞过映在墙上的影子就是游鱼。我幻想它是一幅墨竹，我就真看到一幅画。微风乍起，叶影吹动，这一幅画竟变成活画了。

有这样的韧性，能这样引起我的幻想，我爱上了夹竹桃。

好多好多年，我就在这样的夹竹桃下面走出走进。最初我的个儿矮，必须仰头才能看到花朵。后来，我逐渐长高了，夹竹桃在我眼中也就逐渐矮了起来。等到我眼睛平视就可以看到花的时候，我离开了家。

我离开了家，过了许多年，走过许多地方。我曾在不同的地方看到过夹竹桃，但是都没有留下深刻的印象。

两年前，我访问了缅甸。在仰光开过几天会以后，缅甸的许多朋友热情地陪我们到缅甸北部古都蒲甘去游览。这地方以佛塔著名，有"万塔之城"的称号。据说，当年确有万塔。到了今天，数目虽然没有那样多了，但是，纵目四望，嶙嶙峋峋，群塔簇天，一个个从地里涌出，宛如阳朔群山，又像是云南的石林，用"雨后春笋"这一句老话，差堪比拟。虽然花草树木都还是绿的，但是时令究竟是冬天了，一片萧瑟荒寒气象。

然而就在这地方，在我们住的大楼前，我却意外地发现了老朋友夹竹桃。一株株都跟一层楼差不多高，以至我最初竟没有认出它们来。花色比国内的要多，除了红色的和白色的以外，记得还有黄色的。叶子比我以前看到的更绿得像绿蜡，花朵开在高高的枝头，更像片片的红霞、团团的白雪、朵朵的黄云。苍郁繁茂，浓翠逼人，同荒寒的古城形成了强烈的对比。

我每天就在这样的夹竹桃下走出走进。晚上同缅甸朋友们在楼上凭栏闲眺，畅谈各种各样的问题，谈蒲甘的历史，谈中缅文化交流，谈中缅两国人民的胞波友谊。在这时候，远处的古塔渐渐隐入暮霭中，近处的几个古塔上却给电灯照得通明，望之如灵山幻境。我伸手到栏外，就可以抓到夹竹桃的顶枝。花香也一阵一阵地从下面飘上楼来，仿佛把中缅友谊熏得更加芬芳。

就这样，在对于夹竹桃的婉美动人的回忆里，又涂上了一层绚烂夺目的中缅人民友谊的色彩。我从此更爱夹竹桃。

1962年10月17日

处处花开夹竹桃

我是喜欢夹竹桃的：它带给我关于童年的回忆和对于缅甸友人的怀念。

不久以前，我又到了缅甸仰光，看到了那里的夹竹桃，翠叶红花，含笑怒放，我仿佛见到了久别重逢的老朋友，心里得到了很大的安慰。

我虽然没有明确地说出来，却隐隐约约地觉得：夹竹桃大约就到此为止，再远的地方不会有了。

然而，仅仅几天以后，我就在伊拉克首都巴格达看到了夹竹桃。

巴格达是一个别具风格的城市。在这里，你可以看到说不出有多么古老的底格里斯河，同时也可以看到最现代化的摩天大楼；你可以看到最新式的美国的豪华的汽车，同时也可以看到《一千零一夜》里描绘的那种驴子。驴子没有鞍子，没有缰绳，身上光溜溜什么都没有，一个八九岁的小孩骑在上面，手里只拿着一根小棍，他就用了这仅有的武器，在汽车的洪流中，指挥以执拗闻名全世界的驴子，得心应手，左右逢源，像指挥自己的两条腿一样。

巴格达也是一个友好的城市。我们在街头、巷尾、旅馆里、会场上，感到的都是温暖和热情。跟我们接触最多的餐厅里的服务员和汽车司机，在短短几天之内，就相处得像老朋友一般。

就在这个城市里的一个军事学院里，我又看到了夹竹桃。主人们殷勤招待，把各兵种的各种操作都表演给我们看。正当我从内心里感激主人们的热情的时候，蓦抬头看到一团绿蜡似的竹子、红霞似的花朵，我的眼前一亮，仿佛闪起了一片光：这不是老朋友夹竹桃吗？

夹竹桃同友谊是没有什么联系的，我还没有听说有哪一个国家把夹竹桃看作友谊的象征。然而，在这样的时候，这样的地方，再加上自己过去的那一段经历，我又把两者联系了起来，不是很自然的吗？

我虽然没有明确地说出来，然而我又隐隐约约地觉得：夹竹桃就到此为止，更远的地方不会再有，这里离开我们祖国远远超过一万里了。

然而，几天以后，我又在非洲的土地上，在离开开罗不远的苏伊士运河边上看到了夹竹桃。

开罗也是一个别具风格的城市。尼罗河横贯全城，波光帆影与摩天高楼相映成趣。夜里，霓虹灯把尼罗河照成一条火龙。博物馆里充满了巨大的石棺和古代帝王的木乃伊，一下子就把我们带回到四五千年以前去。

　　我们在这里，正如在其他阿拉伯国家的首都一样，也找到了不少的朋友。许多阿联的朋友喜欢引用穆罕默德的一句话："学问，即使远在中国，也要去寻求。"我们的友谊确实是很古老了，这友谊深入人心，今天我们到处都可以找到，在博物馆讲解员的身上，在大街上男女小学生的微笑中。

　　就在这里，我又看到了夹竹桃。它长在苏伊士运河边上，叶子特别大，枝干特别粗，绿油油地长成堆，长成团。花朵虽然不多，但却红艳逾常，朝霞似的在最高枝头闪闪发光。

　　我现在再没有那一些隐隐约约的到此为止的感觉了。我的想法是：夹竹桃遍天下，我们的朋友也遍天下。

1962年12月20日

莫斯科到北京车中

五色梅

科纳克里是海之城、树之城，它也是花之城。

我们住的院子里就开满了花。高大的树上挂着大朵的红花。篱笆上爬满了喇叭筒似的黄花。地上铺着小朵的粉红色的花。烂漫纷披，五色杂陈。

这些花我都是第一次看到，名字当然不知道。我吟咏着什么人的一句诗——"看花苦为译秦名"，心里颇有所感了。

但是，有一天，正当我在花园里散步的时候，我的眼前忽然一亮：我看到了什么十分眼熟的东西。仔细一看，是几株五色梅，被挤在众花丛中，有点喘不过气来；但仍然昂首怒放，开得兴会淋漓。

我从小就亲手种过五色梅。现在在离开祖国几万里的地方见到它，觉得十分顺眼，感到十分愉快。我连想都没有想，直觉地认为它就是从中国来的。现在我是他乡遇故知，大有恋恋难舍之感了。

可我立刻就问自己：为什么它一定是从中国来的呢？为什么它不能是原生在非洲后来流传到中国去的呢？为什么它就不能是在几内亚土生土长的呢？

这些问题我都回答不上来，我有点窘。

花木自古以来就是四海为家的。天涯处处皆芳草，没有什么地方没有美丽的花朵。原生在中国的花木传到了外国，外国的花木也传到了中国。它们由洋名而变为土名，由不习惯于那个最初很陌生的地方而变得习惯。在它们心中也许还怀念着自己的故乡吧，但是不论到了什么地方，只要一安顿下来，就毫不吝惜地散发出芳香，呈现出美丽，使大地更加可爱，使人们的生活更加丰富多彩。我现在却要同几内亚的五色梅攀亲论故，它们也许觉得可笑吧！

我自己也觉得可笑。低头看那几株五色梅，它好像根本不理会我想到的那些事情，正衬着大西洋的波光涛影，昂首怒放，开得兴会淋漓。

1964年1月28日

槐　花

　　自从移家朗润园，每年在春夏之交的时候，我一出门向西走，总是清香飘拂，溢满鼻官。抬眼一看，在流满了绿水的荷塘岸边，在高高低低的土山上面，就能看到成片的洋槐，满树繁花，闪着银光；花朵缀满高树枝头，开上去，开上去，一直开到高空，让我立刻想到新疆天池上看到的白皑皑的万古雪峰。

　　这种槐树在北方是非常习见的树种。我虽然也陶醉于氤氲的香气中，但却从来没有认真注意过这种花树——惯了。

　　有一年，也是在这样春夏之交的时候，我陪一位印度朋友参观北大校园。走到槐花树下，他猛然用鼻子吸了吸气，抬头看了看，眼睛瞪得又大又圆。我从前曾看到一幅印度人画的人像，为了夸大印度人眼睛之大，他把眼睛画得扩张到脸庞的外面。这一回我真仿佛看到这一位印度朋友瞪大了的眼睛扩张到面孔以外来了。

"真好看呀！这真是奇迹！"

"什么奇迹呀？"

"你们这样的花树。"

"这有什么了不起呢？我们这里多得很。"

"多得很就不了不起了吗？"

我无言以对，看来辩论下去已经毫无意义了。可是他的话却对我起了作用：我认真注意槐花了，我仿佛第一次见到它，非常陌生，又似曾相识。我在它身上发现了许多新的以前从来没有发现的东西。

在沉思之余，我忽然想到，自己在印度也曾有过类似的情景。我在海德拉巴看到耸入云天的木棉树时，也曾大为惊诧。碗口大的红花挂满枝头，殷红如朝阳，灿烂似晚霞，我不禁大为慨叹：

"真好看呀！简直神奇极了！"

"什么神奇？"

"这木棉花。"

"这有什么神奇呢？我们这里到处都有。"

陪伴我们的印度朋友满脸迷惑不解的神气。我的眼睛瞪得多大，我自己看不到。现在到了中国，在洋槐树下，轮到印度朋友（当然不是同一个人）瞪大眼睛了。

在我们的日常生活中，我们都有这样一个经验：越是看惯了的东西，便越是习焉不察，美丑都难看出。这种现象在心理学上是容易解释的：一定要同客观存在的东西保持一定的距离，才能客观地去观察。难道我们就不能有意识地去改变这种习惯吗？难道我们就不能永远用新的眼光去看待一切事物吗?

我想自己先试一试看,果然有了神奇的效果。我现在再走过荷塘看到槐花,努力在自己的心中制造出第一次见到的幻想,我不再熟视无睹,而是尽情地欣赏。槐花也仿佛是得到了知己,大大小小、高高低低的洋槐,似乎在喃喃自语,又对我讲话。周围的山石树木,仿佛一下子活了起来,一片生机,融融氤氲。荷塘里的绿水仿佛更绿了;槐树上的白花仿佛更白了;人家篱笆里开的红花仿佛更红了。风吹,鸟鸣,都洋溢着无限生气。一切眼前的东西连在一起,汇成了宇宙的大欢畅。

1986年6月3日

神奇的丝瓜

今年春天，孩子们在房前空地上，斩草挖土，开辟出来了一个一丈见方的小花园。周围用竹竿扎了一个篱笆，移来了一棵玉兰花树，栽上了几株月季花，又在竹篱下面随意种上了几棵扁豆和两棵丝瓜。土壤并不肥沃，虽然也铺上了一层河泥，但估计不会起很大的作用，大家不过是玩玩而已。

过了不久，丝瓜竟然长了出来，而且日益苗壮、长大。这当然增加了我们的兴趣。但是我们也并没有过高的期望。我自己每天早晨工作疲倦了，常到屋旁的小土山上走一走，站一站，看看墙外马路上的车水马龙和亚运会招展的彩旗，顾而乐之，只不过顺便看一看丝瓜罢了。

丝瓜是普通的植物，我也并没有想到会有什么神奇之处。可是忽然有一天，我发现丝瓜秧爬出了篱笆，爬上了楼墙。以后，每天看丝瓜，总比前一天向楼上爬了一大段；最后竟从一楼爬上了二楼，又从二楼爬上了三楼。说它每天长出半尺，绝非夸大之词。丝瓜的秧不过像细绳一般粗。如不注意，连它的根在什么地方，都找不到。这样细的一根秧竟能在一夜之间输送这样多的水分和养料，供应前方，使得上面的叶子长得又肥又绿，爬在灰白色的墙上，一片浓绿，给土墙增添了无量活力与生机。

这当然让我感到很惊奇，我的兴趣随之大大地提高。每天早晨看丝瓜成了我的主要任务。爬小山反而成为次要的了。我往往注视着细细的瓜秧和浓绿的瓜叶，陷入沉思，想得很远，很远……

又过了几天，丝瓜开出了黄花。再过几天，有的黄花就变成了小小的绿色的瓜。瓜越长越长，越长越大，重量当然也越来越增加，最初长出的那一个小瓜竟把瓜秧坠下来了一点，直挺挺地悬垂在空中，随风摇摆。我真是替它担心，生怕它经不住这一份重量，会整个地从楼上坠了下来落到地上。

然而不久就证明了，我这种担心是多余的。最初长出来的瓜不再长大，仿佛得到命令停止了生长。在上面，在三楼一位一百零二岁的老太太的窗外窗台上，却长出来了两个瓜。这两个瓜后来居上，发疯似的猛长，不久就长成了小孩胳膊一般粗了。这两个瓜加起来恐怕有五六斤重，那一根细秧怎么能承担得住呢？我又担心起来。没过几天，事实又证明了我是杞人忧天。两个瓜不知从什么时候忽然弯了起来，把躯体放在老太太的窗台上，从下面看上去，活像两个粗大变弯的绿色牛角。

不知道从哪一天起，我忽然又发现，在两个大瓜的下面，在二、三楼之间，在一根细秧的顶端，又长出来了一个瓜，垂直地悬在那里。我又犯了担心病：这个瓜上面够不到窗台，下面也是空空的；总有一天，它越长越大，会把上面的两个大瓜也坠了下来，一起坠到地上，落叶归根，同它的根部聚合在一起。

然而今天早晨，我却看到了奇迹。同往日一样，我习惯地抬头看瓜：下面最小的那一个早已停止生长，孤零零地悬在空中，似乎一点分量都没有；上面老太太窗台上那两个大的，似乎长得更大了，威武雄壮地压在窗台上；中间的那一个却不见了。我看看地上，没有看到掉下来的瓜。等我倒退几步抬头再看时，却看到那一个我认为失踪了的瓜，平着身子躺在抗震加固时筑上的紧靠楼墙凸出的一个台子上。这真让我大吃一惊。这样一个原来垂直悬在空中的瓜怎么忽然平身躺在那里了呢？这个凸出的台子无论是从上面还是从下面都是无法上去的。决不会有人把丝瓜摆平的。

我百思不得其解，徘徊在丝瓜下面，像达摩老祖一样，面壁参禅。我仿佛觉得这棵丝瓜有了思想，它能考虑问题，而且还有行动，它能让无法承担重量的瓜停止生长；它能给处在有利地形的大瓜找到承担重量的地方，给这样的瓜特殊待遇，让它们疯狂地长；它能让悬垂的瓜平身躺下。如果不是这样的话，无论如何也无法解释我上面谈到的现象。但是，如果真是这样的话，又实在令人难以置信。丝瓜用什么来思想呢？丝瓜靠什么来指导自己的行动呢？上下数千年，纵横几万里，从来也没有人说过，丝瓜会有思想。我左考虑，右考虑，越考虑越糊涂。我无法同丝瓜对话。这是一个沉默的奇迹。瓜秧仿佛成了一根神秘的绳子，绿叶子照旧浓翠扑人眉宇。我站在丝瓜下面，陷入梦幻。而丝瓜则似乎心中有数，无言静观，它怡然泰然悠然坦然，仿佛含笑面对秋阳。

1990年10月9日

石榴花

　　我喜爱石榴，但不是它的果，而是它的花。石榴花，红得锃亮，红得耀眼，同宇宙间任何红颜色，都不一样。古人诗"五月榴花照眼明"，著一"照"字，著一"明"字，而境界全出。谁读了这样的诗句，而不兴会淋漓的呢？

　　在中国，确有大片土地上栽种石榴的地方，比如陕西的秦始皇陵一带。从陵下一直到小山似的陵顶上，到处长满了一棵棵的石榴树，气势恢宏，绿意满天。可惜我到的时候，已经过了开花的季节。只见树上结满了个头极大的石榴，累累垂垂，盈树盈陵。可惜红花一朵也没有看到，实为莫大憾事。遥想旧历五月时节，花照眼明，满陵开成一片亮红，仿佛连天空都给染红了。那样的风光，现在只能意会神领了。

　　在我居住最久的两座城市里，在济南和北京，石榴却不是一种常见的植物。济南南关佛山街的老宅子，是一所典型的四合院。西屋是正房，房外南北两侧，各有一棵海棠花，早已高过了屋脊，恐怕已是百年旧树。春天满树繁花，引来了成群的蜜蜂，嗡嗡成一团。北屋门前左侧有一棵石榴树。石榴树本来就长不太高的，从来没有见过参天的石榴树。我们这一棵也不过丈八高，但树龄恐怕也有几十年了。每年夏初开花时，翠叶红花，把小院子照得一片亮红。

　　院子是个大杂院。我们家住北屋。南屋里住的是一家姓田的木匠。他有两个女儿，大的乳名叫小凤，小的叫小华。我决不迷信，但是我相信缘分，因为它确实存在，不相信是不行的。缘分的存在，小华和我的关系就能证明。她那时还不到两岁，路走不全，话也说不全。可是独独喜欢我。每次见到我，即使是正在母亲的怀抱里，也必挣扎出母亲的怀抱，张开小手，让我来抱。按流传的办法，她应该叫我"大爷"；但是两字相连，她发不出音来，于是缩减为一个"爷"字。抱在我怀里，她满嘴"爷！爷！"，乐不可支。

　　这时正是夏初季节，石榴花开得正欢。有一天，吃过午饭，我躺在石榴树下一张躺椅上睡午觉。大概是睡得十分香甜。"大梦谁先觉？平生我自知"，可惜，诸葛亮知道，我却不知道。不知道睡了多久，我朦胧醒来。睁眼一看，一个不满三块豆腐干高的小玩意儿，正站在我的枕旁，一声不响，大气不出，静静地等我醒来。一见我睁开惺忪的眼睛，立即活跃起来，一头扎在我的怀中，要我抱她，嘴里"爷！爷！"喊个不停。不是别人，正是小华。我又惊又喜，连忙把她抱了起来。抬头看到透过层层绿叶正开得亮红的石榴花。

　　以后，我出了国。在欧洲待了十一年以后，又回到祖国来，住在北京大学中关园第一公寓的一个单元里。我床头壁上挂着著名画家溥心畬画的一个条幅，上面画的是疏疏朗朗的一枝石榴，有一个果和一枝花，那一枝花颇能流露出石榴花特有的照眼明的神采。旁边题着两句诗："只为归来晚，开花不及春。"多么神妙的幻想！石榴原来不是中原的植物，大约是在汉代从中亚安国等国传进来的，所以又叫"安石榴"。这情况到了诗人笔下，就被诗意化了。因为来晚了，所以没有赶得上春天开花，而是在夏历五月。等到百花都凋谢以后，石榴才一枝独秀，散发出亮红的光芒。

　　我那时候很忙，难得有睡懒觉的时间。偶尔在星期天睡上一次。躺在床上，抬眼看到条幅上画的榴花，思古之幽情，不禁油然而发。并没有古到汉代，只古到了二十几年前在佛山街住的时候。当时北屋前的那一棵石榴树是确确实实的存在物，而今却杳如黄鹤早已不存在了。而眼前画中的石榴，虽不是真东西却实实在在地存在着。世事真如电光石火，倏忽变化万端。我尤其忆念不忘的是当年只会喊"爷"的小华子。隔了二十多年，恐怕她早已是绿叶成荫子满枝了。奈之何哉！奈之何哉！

　　整整四十年前，我移家燕园内的朗润园。门前有小片隙地，遂圈以篱笆，辟为小小的花园，栽种了一些花木。十几年前，一位同事送给了我一棵小石榴树。只有尺把高。我就把它栽在小花园里，绿叶滴翠，极惹人爱。我希望它第二年初夏能开出花来。但是，我失望了。又盼第三年，依然是失望。十几年下来，树已经长得很高，却仍然是只见绿叶，不见红花。我没有研究过植物学；但是听说，有的树木是有性别的。由树的性别，我忽然联想到了语言的性别。

在现代语言中，法文名词有阴、阳二性；德文名词有阴、阳、中三性。古代梵文也有三性。在某些佛典中偶尔也有讲到语言的地方。一些译经的和尚把中性译为"黄的"，"黄的"者，太监也，非男非女之谓也。我惊叹这些和尚之幽默。却忽然想到，难道我们这一棵石榴树竟会是"黄的"吗？

然而，到了今年，奇迹却出现了。一天早晨，我站在阳台上看池塘中的新荷，我的眼前忽然一亮，"万绿丛中一点红"。我连忙擦了擦昏花的老眼，发现石榴树的绿叶丛中有一个亮红的小骨朵儿。我又惊又喜；我们的石榴树有喜了，它不是"黄的"了。我在大喜之余，遍告诸友。有人对我说："你要走红运了！"我对张铁嘴、王半仙之流讲运气的话，一向不信。但是，运气，同缘分一样，却是不能不信的。说白了是运气，说文了就是机遇。你能不相信机遇吗？

说老实话，今年确是有一些连做梦都想不到的怪事出现在我的身边。求全之毁，根本没有。不虞之誉却纷至沓来。难道我真交了好运了吗？我从来不认为自己有什么了不起。现在是收获得太多，而给予得太少，时有愧怍之感。我已经九十晋二，富贵于我真如浮云了。我只希望能壮壮实实地再活上一些年，再做一点对人有益的事情，以减少自己的愧怍之感。我尤其希望在明年此时，石榴花能再照亮我的眼睛。

2002年6月10日

喜鹊窝

我是乡下人。小时候在乡下住过几年。乡下，树多，鸟多，树上的鸟窝多。秋冬之际，树上的叶子落光，抬头就能看到高树顶上的许多鸟窝，宛如一个个的黑色蘑菇。

但是，我同许多乡下人一样，对鸟并不特别感兴趣。我感兴趣的是昆虫中的知了（我们那里读如 jiè liū，也就是蝉），在水族中是虾。夏天晚上，在场院里乘凉，在大柳树下，用麦秸点上一把火。赤脚爬上树去，用力一摇晃，知了便像雨点似的纷纷落下。如果嫌热，就跳到苇坑里，在苇丛中伸手一摸，就能摸到一些个儿不小的虾，带着双夹，齐白石画的就是这一种虾。

鸟却不能带给我这样的快乐，我有时甚至还感到厌烦。麻雀整天喳喳乱叫，还偷吃庄稼。乌鸦穿一身黑色的晚礼服，名声一向不好，乡下人总把它同死亡联系起来，

"哇！哇！"两声，叫得人身上起鸡皮疙瘩。只有喜鹊沾了"喜"字的光，至少不引起人们的反感。那时候，乡下人饿着肚皮，又不是诗人，哪里会有什么闲情雅兴来欣赏鸟的鸣声呢？连喜鹊"喳喳"的叫声也不例外。我虽然只有几岁，乡下人的偏见我都具备。只有一件事现在回想起来还能聊以自慰：我从来没有爬上树去掏喜鹊的窝。

后来我到了城里，变成了城里人。初到的时候，我简直像是进入迷宫。这么多人，这么多车，这么多商店，这么多大街小巷。我吃惊得目瞪口呆。有一年，母亲在乡下去世了，我回家奔丧。小时候的大娘、大婶见了我就问：

"寻（读若 xín）了媳妇没有？"

这问题好回答。我敬谨答曰：

"寻了。"

"是一个庄上的吗？"

我一时语塞，知道乡下人没有进过城，他们不知道城里不是村庄。想解释一下，又怕三言两语说不清楚，最终还是弄一个"丈二和尚，摸不着头脑"。我一时灵机一动，采用了鲁迅先生的办法，含糊答曰：

"唔！唔！"

谁也不知道"唔，唔"是甚么意思。妙就妙在谁也不知道是甚么意思。乡下的大娘、大婶不是哲学家，不懂什么逻辑思维，她们不"打破砂锅问到底"。我的口试就算及了格。

这一件小事虽小，它却充分说明了乡下人和城里人的思维和情趣是多么不同。回头再谈鸟儿。城里不是鸟的天堂。除了麻雀以外，别的鸟很少见到。常言道：物以稀为贵。于是城里的鸟就"贵"起来了，城里一些人对鸟也就有了感情。如果碰巧能看到高树顶端上的鸟窝，那简直是一件稀罕事儿。小孩子会在树下面拍手欢跳。

中国古代的诗人，虽然有的出生在乡下，但是科举，当官一定是在城里。既然是诗人，感情定是十分细腻。这种细腻表现在方方面面，也表现在对鸟，特别是对鸟鸣的喜爱上。这样的诗句，用不着去查书，一回想就能够想到一大堆。"鸟鸣山更幽""月出惊山鸟，时鸣春涧中""两个黄鹂鸣翠柳，一行白鹭上青天""荡胸生层云，决眦入归鸟""人归山郭暗，雁下芦洲白""微雨霭芳原，春鸠鸣何处""空山百鸟散还合，万里浮云阴且晴。嘶酸刍雁失群夜，断绝胡儿恋母声。川为静其波，鸟亦罢其鸣"等等，用不着再多举了。中国古代诗人对鸟和鸟鸣感情之深概可想见了。

只有陶渊明的一句诗，我觉得有点怪。"犬吠深巷中，鸡鸣桑树巅"。鸡飞上树去高声鸣叫，我确实没有见过。"鸡鸣桑树巅"，这一句话颇为突兀。难道晋朝江西的鸡真有飞到桑树顶上去高叫的脾气吗？

不管怎样，中国古代诗人对鸟及其鸣声特别敏感，已是一个彰明昭著的事实。再看一看西方文学，不能不感到其间的差别。西方诗歌中，除了云雀和夜莺外，其他的鸟及其鸣声似乎很少受诗人的垂青。这里面是否也含有很深的审美情趣的差别呢？是否也含有东西方诗人，再扩而大之是一般人之间对大自然的关系的差别呢？姑妄言之。

我绕弯子说了半天，无非是想说中国的城里人对鸟比较有感情而已。我这个由乡下人变为城里人的人，也逐渐爱起鸟来。可惜我半辈子始终是在大城市里转，在中国是如此，在德国和瑞士仍然是如此。空有爱鸟之心，爱的对象却难找到，在心灵深处难免感到惆怅。

一直到四十多年前，我四十多岁了，才从沙滩——真像是一片沙漠——搬到风光旖旎林木翁郁的燕园里来。这里虽处城市，却似乡村，真正是鸟的天堂。我又能看到鸟了；不是一只，而是成群；不是一种，而是多种；不但看到它们飞，而且听到它们叫；不但看到它们在草地上蹦跳，而且看到高树顶上搭窝。我真是顾而乐之，多年干涸的心灵似乎又注入了一股清泉。

在众多的鸟中，给我印象最深、我最喜爱的还是喜鹊。在我住的楼前，沿着湖畔，有一排高大的垂柳，在马路对面则是一排高耸入云的杨树。楼西和楼后，小山下面，有几棵高大的榆树，小山上有一棵至少有六七百年的古松。可以说我们的楼是处在绿色丛中。我原住在西门洞的二楼上，书房面西，正对着那几棵榆树。一到春天，喜鹊和其他鸟的叫声不停。喜鹊不知道是通过什么方式，大概是既无父母之命，也没有媒妁之言，自由恋爱，结成了情侣，情侣不停地在群树之间穿梭飞行，嘴里往往叼着小树枝，想到什么地方去搭窝。我天天早上最大的乐趣就是看喜鹊们箭似的飞翔，喳喳地欢叫，往往能看上、听上半天。

有一天，完全出我的意料，然而又合乎我的心愿，窗外大榆树上有一团黑色的东西，我豁然开朗：这是喜鹊在搭窝。我现在不用出门就能够看到喜鹊窝了，乐何如之。从此我的眼睛和耳朵完全集中到这一对喜鹊和它们的窝上，其他的鸟鸣声仿佛都不存在了。每次我看书写作疲倦了，就向窗外看一看。一看到喜鹊窝就像郑板桥看到白银那样，"心花怒放，书画皆佳"。我的灵感风起云涌，连记忆力都仿佛是变了样子，大有过目不忘之概了。

光阴流转，转瞬已是春末夏初。窝里的喜鹊小宝宝看样子已经成长起来了。每当刮风下雨，我心里就揪成一团，我很怕它们的窝经受不住风吹雨打。当我看到，不管风多么狂，雨多么骤，那一个黑蘑菇似的窝仍然固若金汤，我的心就放下了。我幻想，此时喜鹊妈妈和喜鹊爸爸正在窝里伸开了翅膀，把小宝宝遮盖得严严实实，喜鹊一家正在做着甜美的梦，梦到燕园风和日丽；梦到燕园花团锦簇；梦到小虫子和小蚱蜢自己飞到窝里来，小宝宝食用不尽；梦到湖光塔影忽然移到了大榆树下面……

这一切原本都是幻影，然而我却泪眼模糊，再也无法幻想下去了。我从小失去了慈母，失去了母爱。一个失去了母爱的人，必然是一个心灵不完整或不正常的人。在七八十年的漫长时期中，不管是什么时候，也不管我是在什么地方，只要提到了失去母爱，失去母亲，我必然立即泪水盈眶。对人是如此，对鸟兽也是如此。中国古人常说"终天之恨"，我这真正是"终天之恨"了，这个恨只能等我离开人世才能消泯，这是无可怀疑的了。中国古诗说，"劝君莫打三春鸟，子在巢中待母归"，真是蔼然仁者之言，我每次暗诵，都会感到心灵震撼的。

但是，天有不测风云，鸟有旦夕祸福。正当我为这一家幸福的喜鹊感到幸福而自我陶醉的时候，祸事发生了。一天早上，我坐在书桌前，真是无巧不成书，我一抬头正看到一个小男孩赤脚爬上了那一棵榆树，伸手从喜鹊窝里把喜鹊宝宝掏了出来。掏了几只，我没有看清，不敢瞎说。总之是掏走了。只看这一个小男孩像猿猴一般，转瞬跳下树来，前后也不过几分钟，手里抓着小喜鹊，消逝得无影无踪了。我很想下楼去干预一下，但是一想到在浩劫中我头上戴的那一摞可怕的沉重的帽子，都还在似摘未摘之间，我只能规规矩矩，不敢乱说乱动。如果那一个小男孩是工人的孩子，那岂不成了"阶级报复"了吗！我吃了老虎心、豹子胆，也不敢动一动呀。我只有伏在桌上，暗自啜泣。

完了，完了，一切全完了。喜鹊的美梦消失了，我的美梦也消失了。我从此抑郁不乐，甚至不敢再抬头看窗外的大榆树。喜鹊妈妈和喜鹊爸爸的心情我不得而知。他们痛失爱子，至少也不会比我更好过。一连好几天，我听到窗外这一对喜鹊喳喳哀鸣，绕树千匝，无枝可依。我不忍再抬头看它们。不知什么时候，这一对喜鹊不见了。它们大概是怀着一颗破碎的心，飞到什么地方另起炉灶去了。过了一两年，大榆树上的那一个喜鹊窝，也由于没加维修，鹊去窝空，被风吹得无影无踪了。

我却还并没有死心，那一棵大榆树不行了，我就寄希望于其他树木。喜鹊们选择搭窝的树，不知道是根据什么标准。根据我这个人的标准，我觉得，楼前，楼后，楼左，楼右，许多高大的树都合乎搭窝的标准。我于是就盼望起来，年年盼，月月盼，盼星星，盼月亮，盼得双眼发红光。一到春天，我出门，首先抬头往树上瞧，枝头光秃秃的，什么东西也没有。我有时候真有点发急，甚至有点发狂，我想用眼睛看出一个喜鹊窝来。然而这一切都白搭，徒然。

今年春天，也就是现在，我走出楼门，偶尔一抬头，我在上面讲的那一棵大榆树上，在光秃秃的枝干中间，又看到一团黑乎乎的东西。连年来我老眼昏花，对眼睛已经失去了自信力，我在惊喜之余，连忙擦了擦眼，又使劲瞪大了眼睛，我明白无误地看到了：是一个新搭成的喜鹊窝。我的高兴是任何语言文字都无法形容的。然而福不单至。过了不久，临湖的一棵高大的垂柳顶上，一对喜鹊又在忙忙碌碌地飞上飞下，嘴里叼着小树枝，正在搭一个窝。这一次的惊喜又远远超过了上一回。难道我今生的华盖运真已经交过了吗？

当年爬树掏喜鹊窝的那一个小男孩，现在早已长成大人了吧。他或许已经留了洋，或者下了海，或者成了"大款"。此事他也许早已忘记了。我潜心默祷，希望不要再出这样一个孩子，希望这两个喜鹊窝能够存在下去，希望在燕园里千百棵大树上都能有这样黑蘑菇似的喜鹊窝，希望在这里，在全中国，在全世界，人与鸟都能和睦融洽像一家人一样生活下去，希望人与鸟共同造成一个和谐的宇宙。

1994年2月25日

老　猫

　　老猫虎子蜷曲在玻璃窗外窗台上一个角落里，缩着脖子，眯着眼睛，浑身一片寂寞、凄清、孤独、无助的神情。

　　外面正下着小雨，雨丝一缕一缕地向下飘落，像是珍珠帘子。时令虽已是初秋，但是隔着雨帘，还能看到紧靠窗子的小土山上丛草依然碧绿，毫无要变黄的样子。在万绿丛中赫然露出一朵鲜艳的红花。古诗"万绿丛中一点红"，大概就是这般光景吧。这一朵小花如火似燃，照亮了浑茫的雨天。

　　我从小就喜爱小动物。同小动物在一起，别有一番滋味。它们天真无邪，率性而行；有吃抢吃，有喝抢喝；不会说谎，不会推诿；受到惩罚，忍痛挨打；一转眼间，照偷不误。同它们在一起，我心里感到怡然，坦然，安然，欣然。不像同人在一起那样，应对进退、谨小慎微，斟酌词句、保持距离，感到异常地别扭。

十四年前，我养的第一只猫，就是这个虎子。刚到我家来的时候，比老鼠大不了多少。蜷曲在窄狭的窗内窗台上，活动的空间好像富富有余。它并没有什么特点，仅只是一只最平常的狸猫，身上有虎皮斑纹，颜色不黑不黄，并不美观。但是异于常猫的地方也有，它有两只炯炯有神的眼睛，两眼一睁，还真虎虎有虎气，因此起名叫虎子。它脾气也确实暴烈如虎。它从来不怕任何人。谁要想打它，不管是用鸡毛掸子，还是用竹竿，它从不回避，而是向前进攻，声色俱厉。得罪过它的人，它永世不忘。我的外孙打过一次，从此结仇。只要他到我家来，隔着玻璃窗子，一见人影，它就做好准备，向前进攻，爪牙并举，吼声震耳。他没有办法，在家中走动，都要手持竹竿，以防万一，否则寸步难行。有一次，一位老同志来看我，他显然是非常喜欢猫的。一见虎子，嘴里连声说着："我身上有猫味，猫不会咬我的。"他伸手想去抚摩它，可万万没有想到，我们虎子不懂什么猫味，回头就是一口。这位老同志大惊失色。总之，到了后来，虎子无人不咬，只有我们家三个主人除外，它的"咬声"颇能耸人听闻了。

但是，要说这就是虎子的全面，那也是不正确的。除了暴烈咬人以外，它还有另外一面，这就是温柔敦厚的一面。我举一个小例子。虎子来我们家以后的第三年，我又要了一只小猫。这是一只混种的波斯猫，浑身雪白，毛很长，但在额头上有一小片黑黄相间的花纹。我们家人管这只猫叫洋猫，起名咪咪；虎子则被尊为土猫。这只猫的脾气同虎子完全相反：胆小、怕人，从来没有咬过人。只有在外面跑的时候，才露出一点野性。它只要有机会溜出大门，但见它长毛尾巴一摆，像一溜烟似的立即窜入小山的树丛中，半天不回家。这两只猫并没有血缘关系。但是，不知道是由于什么原因，一进门，虎子就把咪咪看作是自己的亲生女儿。它自己本来没有什么奶，却坚决要给咪咪喂奶，把咪咪搂在怀里，让它咂自己的干奶头，它眯着眼睛，仿佛在享着天福。我在吃饭的时候，有时丢点鸡骨头、鱼刺，这等于猫们的燕窝、鱼翅。但是，虎子却只蹲在旁边，瞅着咪咪一只猫吃，从来不同它争食。有时还"咪噢"上两声，好像是在说："吃吧，孩子！安安静静地吃吧！"有时候，不管是春夏还是秋冬，虎子会从西边的小山上逮一些小动物，麻雀、蚱蜢、蝉、蛐蛐之类，用嘴叼着，蹲在家门口，嘴里发出一种怪声。这是猫语，屋里的咪咪，不管是睡还是醒，耸耳一听，立即跑到门后，馋涎欲滴，等着吃母亲带来的佳肴，大快朵颐。我们家人看到这样母子亲爱的情景，都由衷地感动，一致把虎子称作"义猫"。有一年，小咪咪生了两只小猫。大概是初做母亲，没有经验，正如我们圣人所说的那样"未有学养子而后嫁者也"，人们能很快学会，而猫们则不行。咪咪丢下小猫不管，虎子却大忙特忙起来，觉不睡，饭不吃，日日夜夜把小猫搂在怀里。但小猫是要吃奶的，而奶正是虎子所缺的。于是小猫暴躁不安，虎子眉头一皱，计上心来，叼起小猫，到处追着咪咪，要它给小猫喂奶。还真像一个姥姥样子，但是小咪咪并不领情，依旧不给小猫喂奶。有几天的时间，虎子不吃不喝，瞪着两只闪闪发光的眼睛，嘴里叼着小猫，从这屋赶到那屋；一转眼又赶了回来。小猫大概真是受不了啦，便辞别了这个世界。

　　我看了这一出猫家庭里的悲剧又是喜剧，实在是爱莫能助，惋惜了很久。

我同虎子和咪咪都有深厚的感情。每天晚上，它们俩抢着到我床上去睡觉。在冬天，我在棉被上面特别铺上了一块布，供它们躺卧。我有时候半夜里醒来，神志一清醒，觉得有什么东西重重地压在我身上，一股暖气仿佛透了两层棉被，扑到我的双腿上。我知道，小猫睡得正香，即使我的双腿由于僵卧时间过久，又酸又痛，但我总是强忍着，决不动一动双腿，免得惊了小猫的轻梦。它此时也许正梦着捉住了一只耗子。只要我的腿一动，它这耗子就吃不成了，岂非大煞风景吗？

这样过了几年，小咪咪大概有八九岁了。虎子比它大三岁，十一二岁的光景。依然威风凛凛，脾气暴烈如故，见人就咬，大有死不改悔的神气。而小咪咪则出我意料地露出了下世的光景。常常到处小便，桌子上，椅子上，沙发上，无处不便。如果到医院里去检查的话，大夫在列举的病情中一定会有一条的：小便失禁。最让我心烦的是，它偏偏看上了我桌子上的稿纸。我正写着什么文章，然而它却根本不管这一套，跳上去，屁股往下一蹲，一泡猫尿流在上面，还闪着微弱的光。说我不急，那不是真的。我心里真急，但是，我谨遵我的一条戒律：决不打小猫一掌，在任何情况之下，也不打它。此时，我赶快把稿纸拿起来，抖掉了上面的猫尿，等它自己干。心里又好气，又好笑，真是哭笑不得。家人对我的嘲笑，我置若罔闻，"全等秋风过耳边"。

我不信任何宗教，也不皈依任何神灵。但是，此时我却有点想迷信一下。我期望会有奇迹出现，让咪咪的病情好转。可世界上是没有什么奇迹的，咪咪的病一天一天地严重起来。它不想回家，喜欢在房外荷塘边上石头缝里待着，或者藏在小山的树木丛里。它再也不在夜里睡在我的被子上了。每当我半夜里醒来，觉得棉被上轻飘飘的，我惘然若有所失，甚至有点悲伤了。我每天凌晨起来，第一件事情就是拿着手电到房外塘边山上去找咪咪。它浑身雪白，是很容易找到的。在薄暗中，我眼前白白地一闪，我就知道是咪咪。见了我，"咪噢"一声，起身向我走来。我把它抱回家，给它东西吃，它似乎根本没有胃口。我看了直想流泪。有一次，我拖着疲惫的身子，走几里路，到海淀的肉店里去买猪肝和牛肉。拿回来，喂给咪咪，它一闻，似乎有点想吃的样子；但肉一沾唇，它立即又把头缩回去，闭上眼睛，不闻不问了。

有一天傍晚，我看咪咪神情很不妙，我预感要发生什么事情。我唤它，它不肯进屋。我把它抱到篱笆以内，窗台下面。我端来两只碗，一只盛吃的，一只盛水。我拍了拍它的脑袋，它偎依着我，"咪噢"叫了两声，便闭上了眼睛。我放心进屋睡觉。第二天凌晨，我一睁眼，三步并作一步，手里拿着手电，到外面去看。哎呀不好！两碗全在，猫影顿杳。我心里非常难过，说不出是什么滋味。我手持手电找遍了塘边，山上，树后，草丛，深沟，石缝。有时候，眼前白光一闪。"是咪咪！"我狂喜。走近一看，是一张白纸。我嗒然若丧，心头仿佛被挖掉了点什么。"屋前屋后搜之遍，几处茫茫皆不见。"从此我就失掉了咪咪，它从我的生命中消逝了，永远永远地消逝了。我简直像是失掉了一个好友，一个亲人。至今回想起来，我内心里还颤抖不止。

在我心情最沉重的时候，有一些通达世事的好心人告诉我，猫们有一种特殊的本领，能知道自己什么时候寿终。到了此时此刻，它们决不待在主人家里，让主人看到死猫，感到心烦，或感到悲伤。它们总是逃了出去，到一个最僻静、最难找的角落里，地沟里，山洞里，树丛里，等候最后时刻的到来。因此，养猫的人大都在家里看不见死猫的尸体。只要自己的猫老了，病了，出去几天不回来，他们就知道，它已经离开了人世，不让举行遗体告别的仪式，永远永远不再回来了。

我听了以后，憬然若有所悟。我不是哲学家，也不是宗教家，但却读过不少哲学家和宗教家谈论生死大事的文章。这些文章多半有非常精辟的见解，闪耀着智慧的光芒，我也想努力从中学习一些有关生死的真理。结果却是毫无所得。那些文章中，除了说教以外，几乎没有什么有用的东西。大半都是老生常谈，不能解决什么实际问题，没能给我留下深刻的印象。现在看来，倒是猫们临终时的所作所为，即使仅仅是出于本能吧，却给了我很大的启发。人们难道就不应该向猫们学习这一点经验吗？有生必有死，这是自然规律，谁都逃不过。中国历史上的赫赫有名的人物，秦皇、汉武，还有唐宗，想方设法，千方百计，想求得长生不老。到头来仍然是竹篮子打水一场空，只落得黄土一抔，"西风残照，汉家陵阙"。我辈平民百姓又何必煞费苦心呢？一个人早死几个小时，或者晚死几个小时，甚至几天，实在是无所谓的小事，决影响不了地球的转动，社会的前进。再退一步想，现在有些思想开明的人士，不想长生不死，不想在大地上再留黄土一抔；甚至开明到不要遗体告别，不要开追悼会。但是仍会给后人留下一些麻烦：登报，发讣告，还要打电话四处通知，总得忙上一阵。何不学一学猫们呢？它们这样处理生死大事，干得何等干净利索呀！一点痕迹也不留，走了，走了，永远地走了，让这花花世界的人们不见猫尸，用不着落泪，照旧做着花花世界的梦。

我忽然联想到我多次看过的敦煌壁画上的《西方净土变》。所谓"净土"，指的就是我们常说的天堂、乐园，是许多宗教信徒烧香念佛，查经祷告，甚至实行苦行，折磨自己，梦寐以求想到达的地方。据说在那里可以享受天福，得到人世间万万得不到的快乐。我看了壁画上画的房子、街道、树木、花草，以及大人、小孩，林林总总，觉得十分热闹。可我觉得没有什么出奇之处。只有一件事给我留下了永不磨灭的印象，那就是，那里的人们都是笑口常开，没有一个人愁眉苦脸，他们的日子大概过得都很惬意。不像在我们人间有这样许多不如意的事情，有时候办点事，还要找后门，钻空子。在他们的商店里——净土里面还实行市场经济吗？他们还用得着商店吗？——售货员大概都很和气，不给人白眼，不训斥"上帝"，不扎堆闲侃，不给人钉子碰。这样的天堂乐园，我也真是心向往之的。但是给我印象最深，使我最为吃惊或者羡慕的还是他们对待要死的人的态度。那里的人，大概同人世间的猫们差不多，能预先知道自己寿终的时刻。到了此时，要死的老嬷嬷或者老头，健步如飞地走在前面，身后簇拥着自己的子子孙孙、至亲好友，个个喜笑颜开，全无悲戚的神态，仿佛是去参加什么喜事一般，一直把老人送进坟墓。后事如何，壁画不是电影，是不能动的。然而画到这个程序，以后的事尽在不言中。如果一定要画上填土封坟，反而似乎是多此一举了。我觉得，净土中的人们给我们人类争了光。他们这一手比猫们又漂亮多了。知道必死，而又兴高采烈，多么豁达！多么聪明！猫们能做得到吗？这证明，净土里的人们真正参透了人生奥秘，真正参透了自然规律。人为万物之灵，他们为我们人类在同猫们对比之下真真增了光！真不愧是净土！

　　上面我胡思乱想得太远了，还是回到我们人世间来吧。我坦白承认，我对人生的奥秘参透得还不够，我对自然规律参透得也还不够。我仍然十分怀念我的咪咪。我心里仿佛有一个空白，非填起来不行。我一定要找一只同咪咪一模一样的白色波斯猫。后来果然朋友又送来了一只，浑身长毛，洁白如雪，两只眼睛全是绿的，亮晶晶像两块绿宝石。为了纪念死去的咪咪，我仍然为它命名"咪咪"，见了它，就像见到老咪咪一样。过了大约又有一年的光景，友人又送了我一只据说是纯种的波斯猫，两只眼睛颜色不同，一黄一蓝。在太阳光下，黄的特别黄，蓝的特别蓝，像两颗黄蓝宝石，闪闪发光，竞妍争艳。这只猫特别调皮，简直是胆大无边，然而也因此就更特别可爱。这一下子又忙坏了虎子，它认为这两只小猫都是自己的亲生女儿，硬逼着它们吮吸自己那干瘪的奶头。只要它走出去，不知在什么地方弄到了小鸟、蚱蜢之类，就带回家来，给两只小猫吃。好久没有听到的"咪噢"唤小猫的声音，现在又听到了。我心里漾起了一丝丝甜意。这大大地减轻我对老咪咪的怀念。

　　可是岁月不饶人，也不会饶猫的。这一只"土猫"虎子已经活到十四岁。据通达世情的人们说，猫的十四岁，就等于人的八九十岁。这样一来，我自己不是成了虎子的同龄"人"了吗？这个虎子却也真怪。有时候，颇现出一些老相。两只炯炯有神的眼睛里忽然被一层薄膜蒙了起来。嘴里流出了哈喇子，胡子上都沾得亮晶晶的。不大想往屋里来，日日夜夜趴在阳台上蜂窝煤堆上，不吃，不喝。我有了老咪咪的经验，知道它快不行了。我也跑到海淀，去买来牛肉和猪肝，想让它不要饿着肚子离开这个世界。我随时准备着：第二天早晨一睁眼，虎子不见了。结果虎子并没有这样干。我天天凌晨第一件事就是来看虎子；隔着窗子，依然黑乎乎的一团，卧在那里。我心里感到安慰。有时候，它也起来走动了。我在本文开头时写的就是去年深秋一个下雨天我隔窗看到的虎子的情况。

到了今天，半年又过去了。虎子不但没有走，而且顽健胜昔，仍然是天天出去。有时候在晚上，窗外的布帘子的一角蓦地被掀了起来，一个丑角似的三花脸一闪。我便知道，这是虎子回来了，连忙开门，放它进来。大概同某一些老年人一样——不是所有的老年人——到了暮年就改恶向善，虎子的脾气大大地改变了，几乎再也不咬人了。我早晨摸黑起床，写作看书累了，常常到门外湖边山下去走一走。此时，我冷不防脚下忽然踢着了一团软乎乎的东西。这是虎子。它在夜里不知道在什么地方待了一夜，现在看到了我，一下子蹿了出来，用身子蹭我的腿，在我身前和身后转悠。它跟着我，亦步亦趋，我走到哪里，它就跟到哪里，寸步不离。我有时故意爬上小山，以为它不会跟来了，然而一回头，虎子正跟在身后。猫是从来不跟人散步的，只有狗才这样干。有时候碰到过路的人，他们见了这情景，都大为吃惊。"你看猫跟着主人散步哩！"他们说，露出满脸惊奇的神色。最近一个时期，虎子似乎更精力旺盛了，它返老还童了。有时候竟带一个它重孙辈的小公猫到我们家阳台上来。"今夜我们相识。"虎子用不着介绍就相识了。看样子，虎子一去不复返的日子遥遥无期。我成了拥有三只猫的家庭的主人。

我养了十几年猫，前后共有四只。猫们向人们学习什么，我不通猫语，无法询问。我作为一个人却确实向猫学习了一些有用的东西。上面讲过的处理死亡的办法，就是一个例子。我自己毕竟年纪已经很大了，常常想到死的问题。鲁迅五十多岁就想到了，我真是瞠乎后矣。人生必有死，这是无法抗御的。而且我还认为，死也是好事情。如果世界上的人都不死，连我们的轩辕老祖和孔老夫子今天依然峨冠博带，坐着奔驰车，到天安门去遛弯，你想人类世界会成一个什么样子！人是百代的过客，总是要走过去的，这决不会影响地球的转动和人类社会的进步。每一代人都只是一场没有终点的长途接力赛的一环。前不见古人，后不见来者，是宇宙常规。人老了要死，像在净土里那样，应该算是一件喜事。老人跑完了自己的一棒，把棒交给后人，自己要休息了，这是正常的。不管快慢，他们总算跑完了一棒，总算对人类的进步做出了贡献，总算尽上了自己的天职。年老了要退休，这是身体精神状况所决定的，不是哪个人能改变的。老人们会不会感到寂寞呢？我认为，会的。但是我却觉得，这寂寞是顺乎自然的，从伦理的高度来看，甚至是应该的。我始终主张，老年人应该为青年人活着，而不是相反。青年人有接力棒在手，世界是他们的，未来是他们的，希望是他们的。吾辈老年人的天职是尽上自己仅存的精力，帮助他们前进，必要时要躺在地上，让他们踏着自己的躯体前进，前进。如果由于害怕寂寞而学习《红楼梦》里的贾母，让一家人都围着自己转，这不但是办不到的，而且从人类前途利益来看是犯罪的行为。我说这些话，也许有人怀疑，我是不是碰到了什么不如意的事，才说出这样令某些人骇怪的话来。不，不，决不。我现在身体顽健，家庭和睦，在社会上广有朋友，每天照样读书、写作、会客、开会不辍。我没有不如意的事情，也没有感到寂寞。不过自己毕竟已逾耄耋之年，面前的路有限了。不免有时候胡思乱想。而且，我同猫们相处久了，觉得它们有些东西确实值得我们学习，我们这些万物之灵应该屈尊一下，学习学习。即使只学到猫们处理死亡大事这一手，我们社会上会减少多少麻烦呀！

"那么，你是不是准备学习呢？"我仿佛听到有人这样质问了。是的，我心里是想学习的。不过也还有些困难。我没有猫的本能，我不知道自己的大限何时来到。而且我还有点担心。如果我真正学习了猫，有一天忽然偷偷地溜出了家门，到一个旮旯里、树丛里、山洞里、河沟里，一头钻进去，藏了起来，这样一来，我们人类社会可不像猫社会那样平静，有些人必然认为这是特大新闻，指手画脚，喊喊喳喳。如果是在旧社会里或者在今天的香港等地的话，这必将成为头版头条的爆炸性新闻，不亚于当年的杨乃武和小白菜。我的亲属和朋友也必将派人出去寻找，派的人也许比寻找彭加木的人还要多。这是多么可怕的事呀！因此我就迟疑起来。至于最后究竟何去何从？我正在考虑、推敲、研究。

1992年2月17日

一条老狗

自己也不知道是什么原因，我总会不时想起一条老狗来。在过去七十年的漫长的时间内，不管我是在国内，还是在国外，不管我是在亚洲、在欧洲、在非洲，一闭眼睛，就会不时有一条老狗的影子在我眼前晃动，背景是在一个破破烂烂篱笆门前，后面是绿苇丛生的大坑，透过苇丛的疏稀处，闪亮出一片水光。

这究竟是怎么一回事呢？

无论用多么夸大的词句，也决不能说这一条老狗是逗人喜爱的。它只不过是一条最普普通通的狗，毛色棕红，灰暗，上面沾满了碎草和泥土，在乡村群狗当中，无论如何也显不出一点特异之处，既不凶猛，又不魁梧。然而，就是这样一条不起眼儿的狗却揪住了我的心，一揪就是七十年。

　　因此，话必须从七十年前说起。当时我还是一个不谙世事的毛头小伙子，正在清华大学读西洋文学系二年级。能够进入清华园，是我平生最满意的事情，日子过得十分惬意。然而，好景不长。有一天，是在秋天，我忽然接到从济南家中打来的电报，只有四个字："母病速归。"我仿佛是劈头挨了一棒，脑筋昏迷了半天。我立即买好了车票，登上开往济南的火车。

　　我当时的处境是，我住在济南叔父家中，这里就是我的家，而我母亲却住在清平官庄的老家里。整整十四年前，我六岁的那一年，也就是1917年，我离开了故乡，也就是离开了母亲，到济南叔父处去上学。我上一辈共有十一位叔伯兄弟，而男孩却只有我一个。济南的叔父也只有一个女孩，于是在表面上我就成了一个宝贝蛋。然而真正从心眼里爱我的只有母亲一人，别人不过是把我看成能够传宗接代的工具而已。这一层道理一个六岁的孩子是无法理解的。可是离开母亲的痛苦我却是理解得又深又透的。到了济南后第一夜，我生平第一次不在母亲怀抱里睡觉，而是孤身一个人躺在一张小床上，我无论如何也睡不着，我一直哭到半夜。这是怎么一回事呀！为什么把我弄到这里来了呢？"遥怜小儿女，未解忆长安"，母亲当时的心情，我还不会去猜想。现在追忆起来，她一定会是肝肠寸断，痛哭决不止半夜。现在，这已成了一个万古之谜，永远也不会解开了。

　　从此我就过上了寄人篱下的生活。我不能说叔父和婶母不喜欢我，但是，我唯一被喜欢的资格就是，我是一个男孩。不是亲生的孩子同自己亲生的孩子感情必然有所不同，这是人之常情，用不着掩饰，更用不着美化。我在感情方面不是一个麻木的人，一些细枝末节,我体会极深。常言道:没娘的孩子最痛苦。我虽有娘,却似无娘,这痛苦我感受得极深。我是多么想念我故乡里的娘呀!然而,天地间除了母亲一个人外有谁真能了解我的心情、我的痛苦呢?因此,我半夜醒来一个人偷偷地在被窝里吞声饮泣的情况就越来越多了。

在整整十四年中,我总共回过三次老家。第一次是在我上小学的时候,为了奔大奶奶之丧而回家的。大奶奶并不是我的亲奶奶,但是从小就对我疼爱异常。如今她离开了我们,我必须回家,这似乎是天经地义的事情。这一次我在家只住了几天,母亲异常高兴,自在意中。第二次回家是在我上中学的时候,原因是父亲卧病。叔父亲自请假回家,看自己共过患难的亲哥哥。这次在家住的时间也不长。我每天坐着牛车,带上一包点心,到离开我们村相当远的一个大地主兼中医的村里去请他,到我家来给父亲看病,看完再用牛车送他回去。路是土路,坑洼不平,牛车走在上面,颠颠簸簸,来回两趟,要用去差不多一整天的时间。至于医疗效果如何呢?那只有天晓得了。反正父亲的病没有好,也没有变坏。叔父和我的时间都是有限的,我们只好先回济南了。过了没有多久,父亲终于走了。一叔到济南来接我回家。这是我第三次回家,同第一次一样,专为奔丧。在家里埋葬了父亲,又住了几天。现在家里只剩下了母亲和二妹两个人。家里失掉了男主人,一个妇道人家怎样过那种只有半亩地的穷日子,母亲的心情怎样,我只有十一二岁,当时是难以理解的。但是,我仍然必须离开她到济南去继续上学。在这样万般无奈的情况下,但凡母亲还有不管是多么小的力量,她也决不会放我走的。可是她连一丝一毫的力量也没有。她一字不识,一辈子连个名字都没有能够取上，做了一辈子"季赵氏"。到了今天，父亲一走，她怎样活下去呢？她能给我饭吃吗？不能的，决不能的。母亲心内的痛苦和忧愁，连我都感觉到了。最后她只能眼睁睁地看着自己最亲爱的孩子离开了自己，走了，走了。谁会知道，这是她最后一次看到自己的儿子呢？谁会知道，这也是我最后一次见到母亲呢？

回到济南以后，我由小学而初中，由初中而高中，由高中而到北京来上大学，在长达八年的过程中，我由一个混混沌沌的小孩子变成了一个青年人，知识增加了一些，对人生了解得也多了不少。对母亲当然仍然是不断想念的。但在暗中饮泣的次数少了，想的是一些切切实实的问题和办法。我梦想，再过两年，我大学一毕业，由于出身一个名牌大学，抢一只饭碗是不成问题的。到了那时候，自己手头有了钱，我将首先把母亲迎至济南。她才四十来岁，今后享福的日子多着哩。

可是我这一个奇妙如意的美梦竟被一张"母病速归"的电报打了个支离破碎。我现在坐在火车上，心惊肉跳，忐忑难安。哈姆莱特问的是 to be or not to be，我问的是母亲是病了，还是走了？我没有法子求签占卜，可我又偏想知道个究竟，我于是自己想出了一套占卜的办法。我闭上眼睛，如果一睁眼我能看到一根电线杆，那母亲就是病了；如果看不到，就是走了。当时火车速度极慢，从北京到济南要走十四五个小时。就在这样长的时间内，我闭眼又睁眼反复了不知多次。有时能看到电线杆，则心中一喜。有时又看不到，则心中一惧。到头来也没能得出一个肯定的结果。我到了济南。

到了家中，我才知道，母亲不是病了，而是走了。这消息对我真如五雷轰顶，我昏迷了半晌，躺在床上哭了一天，水米不曾沾牙。

悔恨像大毒蛇直刺入我的心窝。在长达八年的时间内，难道你就不能在任何一个暑假内抽出几天时间回家看一看母亲吗？二妹在前几年也从家乡来到了济南，家中只剩下母亲一个人，孤苦伶仃，形单影只，而且又缺吃少喝，她日子是怎么过的呀！你的良心和理智哪里去了？你连想都不想一下吗？你还能算得上是一个人吗？我痛悔自责，找不到一点能原谅自己的地方。我一度曾想到自杀，追随母亲于地下。但是，母亲还没有埋葬，不能立即实行。在极度痛苦中我胡乱诌了一副挽联：

　　一别竟八载，多少次倚间怅望，眼泪和血流，迢迢玉宇，高处寒否？

　　为母子一场，只留得面影迷离，入梦浑难辨，茫茫苍天，此恨曷极！

对仗谈不上，只不过想聊表我的心情而已。

叔父婶母看着苗头不对，怕真出现什么问题，派马家二舅陪我还乡奔丧。到了家里，母亲已经成殓，棺材就停放在屋子中间。只隔一层薄薄的棺材板，我竟不能再见母亲一面，我与她竟是人天悬隔矣。我此时如万箭钻心，痛苦难忍，想一头撞死在母亲棺材上，被别人死力拽住，昏迷了半天，才醒转过来。抬头看屋中的情况，真正是家徒四壁，除了几只破椅子和一只破箱子以外，什么都没有。在这样的环境中，母亲这八年的日子是怎样过的，不是一清二楚了吗？我又不禁悲从中来，痛哭了一场。

现在家中已经没了女主人，也就是说，没有了任何人。白天我到村内二大爷家里去吃饭，讨论母亲的安葬事宜。晚上则由二大爷亲自送我回家。那时村里不但没有电灯，连煤油灯也没有。家家都点豆油灯，用棉花条搓成灯捻，只不过是有点微弱的亮光而已。有人劝我，晚上就睡在二大爷家里，我执意不肯。让我再陪母亲住上几天吧。在茫茫百年中，我在母亲身边只住过六年多，现在仅仅剩下了几天，再不陪就真正抱恨终天了。于是二大爷就亲自提一个小灯笼送我回家。此时，万籁俱寂，宇宙笼罩在一片黑暗中，只有天上的星星在眨眼，仿佛闪出一丝光芒。全村没有一点亮光，没有一点声音。透过大坑里芦苇的疏隙闪出一点水光。走近破篱笆门时，门旁地上有一团黑东西，细看才知道是一条老狗，静静地卧在那里。狗们有没有思想，我说不准，但感情的确是有的。这一条老狗几天来大概是陷入困惑中：天天喂我的女主人怎么忽然不见了？它白天到村里什么地方偷一点东西吃，立即回到家里来，静静地卧在篱笆门旁。见了我这个小伙子，它似乎感到我也是这家的主人，同女主人有点什么关系，因此见到了我并不咬我，有时候还摇摇尾巴，表示亲昵。那一天晚上我看到的就是这一条老狗。

我孤身一个人走进屋内，屋中停放着母亲的棺材。我躺在里面一间屋子里的大土炕上，炕上到处是跳蚤，它们勇猛地向我发动进攻。我本来就毫无睡意，跳蚤的干扰更加使我难以入睡了。我此时孤身一人陪伴着一具棺材。我是不是害怕呢？不的，一点也不。虽然是可怕的棺材，但里面躺的人却是我的母亲。她永远爱她的儿子，是人，是鬼，都决不会改变的。

正在这时候，在黑暗中外面走进来一个人，听声音是对门的宁大叔。在母亲生前，他帮助母亲种地，干一些重活，我对他真是感激不尽。他一进屋就高声说："你娘叫你哩！"我大吃一惊：母亲怎么会叫我呢？原来宁大婶"撞客"了，撞着的正是我母亲。我赶快起身，走到宁家。在平时这种事情我是绝对不会相信的。此时我却是心慌意乱了。只听从宁大婶嘴里叫了一声："喜子呀！娘想你啊！"我虽然头脑清醒，然而却泪流满面。娘的声音，我八年没有听到了。这一次如果是从母亲嘴里说出来的，那有多好啊！然而却是从宁大婶嘴里，但是听上去确实像母亲当年的声音。我信呢，还是不信呢？你不信能行吗？我糊里糊涂地如醉似痴地走了回来。在篱笆门口，地上黑黝黝的一团，是那一条忠诚的老狗。

　　我人躺在炕上，无论如何也睡不着了，两只眼睛望着黑暗，仿佛能感到自己的眼睛在发亮。我想了很多很多，八年来从来没有想到的事，现在全想到了。父亲死了以后，济南的经济资助几乎完全断绝，母亲就靠那半亩地维持生活，她能吃得饱吗？她一定是天天夜里躺在我现在躺的这一个土炕上想她的儿子，然而儿子却音信全无。她不识字，我写信也无用。听说她曾对人说过："如果我知道一去不回头的话，我无论如何也不会放他走的！"这一点我为什么过去一点也没有想到过呢？古人说："树欲静而风不止，子欲养而亲不待。"现在这两句话正应在我的身上，我亲自感受到了；然而晚了，晚了，逝去的时光不能再追回了！"长夜漫漫何时旦？"我却盼天赶快亮。然而，我立刻又想到，我只是一次度过这样痛苦的漫漫长夜，母亲却度过了将近三千次。这是多么可怕的一段时间啊！在长夜中，全村没有一点灯光，没有一点声音，黑暗仿佛凝结成为固体，只有一个人还瞪大了眼睛在玄想，想的是自己的儿子。伴随她的寂寥的只有一个动物，就是篱笆门外静卧的那一条老狗。想到这里，我无论如何也不敢再想下去了；如果再想下去的话，我不知道会出现什么样的情况。

母亲的丧事处理完，又是我离开故乡的时候了。临离开那一座破房子时，我一眼就看到那一条老狗仍然忠诚地趴在篱笆门口。见了我，它似乎预感到我要离开了，它站了起来，走到我跟前，在我腿上蹭来蹭去，对着我尾巴直摇。我一下子泪流满面，我知道这是我们的永别，我俯下身，抱住了它的头，亲了一口。我很想把它抱回济南。但那是绝对办不到的。我只好一步三回首地离开了那里，眼泪向肚子里流。

到现在这一幕已经过去了七十年。我总是不时想到这一条老狗。女主人没了，少主人也离开了，它每天到村内找点东西吃，究竟能够找多久呢？我相信，它决不会离开那个篱笆门口的，它会永远趴在那里的，尽管脑袋里也会充满了疑问。它究竟趴了多久，我不知道，也许最终是饿死的。我相信，就是饿死，它也会死在那个破篱笆门口，后面是大坑里透过苇丛闪出来的水光。

我从来不信什么轮回转生，但是，我现在宁愿信上一次。我已经九十岁了，来日苦短了。等到我离开这个世界以后，我会在天上或者地下什么地方与母亲相会，趴在她脚下的仍然是这一条老狗。

2001年5月2日写定

第三辑 遥远的怀念

别稻香楼

——怀念小泓

我从来没有认为自己是一个多愁善感的人，何况现在已年逾古稀，悲欢离合的经历已经多到让人负担不起来的程度，小小的别离又怎能引起心潮腾涌呢？

然而事实却不是这个样子。

九天以前，当我初来稻香楼的时候，我是归心似箭，恨不能日子立刻就飞逝过去，好早早地离开这里。我决没有想到，仅仅九天之后，我的感情竟来了一个"根本对立"，我对于这个地方产生了留恋之情，在临别前夕，竟有点难舍难分了。

稻香楼毕竟是非常迷人的地方。在一个四面环湖的小岛上，林木葱茏，翠竹参天，繁花似锦，香气氤氲。最令

人心醉的是各种小鸟的鸣声。现在在北京连从前招人厌恶的麻雀的
叫声都不容易听到了。在合肥，在稻香楼，天将破晓时，却能够听
到多种鸟的鸣声。我听到一种像画眉的叫声，最初却不敢相信，它
真是画眉。因为在北方，画眉算是一种非常珍贵的鸟，养在非常考
究的笼子里，主人要天天早晨手托鸟笼，出来遛鸟，眉宇间往往流
露出似喜悦又似骄矜的神气。在稻香楼的野林中如何能听到画眉的
叫声呢？可是事实终归是事实。我每天早晨出来在林中湖畔散步的
时候，亲眼看到成群的画眉在竹木深处飞翔，或在草丛里觅食，或
在枝头引吭高歌，让我这个北方人眼为之明，心为之跳，大有耳目
一新之感了。

　　说到散步，我在北京是不干这玩意儿的。来到稻香楼，美丽的
自然景色挑逗着我的心灵，我在屋里待不住了。我在开会之余，仍
然看书；在看书之余，我就散步。在散步之余，许多联想，许多回
忆，就无端被勾起来了。

　　那边长的不是紫竹吗？我第一次看到紫竹，也是在安徽，但不
是在合肥，而是在芜湖的铁山宾馆里。当时小泓还在我身边。第二
次看到紫竹，是在西安丈八沟，当时是我一个人，我也曾想到小泓
过。现在是第三次看到紫竹了，小泓已远在万里之外，一股浓烈的
怀念之情蓦地涌上我的心头，我的心也飞到万里之外去了。我万万
没有想到，小小的几竿紫竹竟无端勾引起我的思绪波动。

　　几年前我游黄山时，正当盛夏，久旱无雨。黄山那一些著名的
瀑布都干涸了。著名的云海也基本上没有看到。只在北海看到了一
点类似云海的白云，聊胜于无，差足自慰而已。有名的杜鹃花，因
为时令不对，只看到一片片绿油油的叶子，花是一朵也没有看着。

而现在呢，正是阳春五月，杜鹃花开满了黄山，开成了一片花海。据说，今年雨水充沛，所有的黄山瀑布都奔腾澎湃，"飞流直下三千尺"，"一条界破青山色"。有了雨，云海当然就不在话下。你试想一想：这样的瀑布，这样的云海，再衬托上满山遍野火焰似的杜鹃花，这是多么奇丽的景色啊！它对我会有多么大的吸引力啊！

　　然而我仍然决心不游黄山，原因要到我的感情深处去找。上一次游黄山时，有小泓在我身边。这孩子是我亲眼看他长大起来的。他性格内向，文静腼腆，我们之间很有些类似之处，因此我就很喜欢他。那一次黄山之游，他紧紧地跟随着我。其他几个同他年龄差不多或者稍大一点的男孩子结成一伙，跳跃爬行，充分发挥了他们浑身用不完的青春活力。小泓却始终跟我在一起，爬到艰险处，用手扶我一下。他对黄山那些取名稀奇古怪的名胜记得惊人地清楚；我说错了，他就给我更正。在走向北海去的路上，有很长一段路，我们"前不见古人，后不见来者"，在原始大森林里，只有我们两人。林中静悄悄的，听自己说话的声音特别响亮。此情此景，终生难忘。回到温泉以后，有一天晚上，我和小泓坐在深谷边上的石栏杆上。这里人来人往，并不安静。然而由于灯光不太亮，看人只像一个个的影子，气氛因此显得幽静而神秘。"巫山秋夜萤火飞"，现在还正在夏天，也许因为山中清凉，我们头顶上已有萤火虫在飞翔，熠熠地闪着光，有时候伸手就可以抓到一只。深涧中水声潺潺，远处半山上流出了微弱的灯光。我仿佛是已经进入一个童话世界。此情此景，更是终生难忘了。

　　可是现在怎样了呢？现在只剩下我一个人，坐在稻香楼中。不管从别人口里听到的黄山景色是多么奇丽，多么动人，我仍然是游兴索然：我身边缺少一个小泓。直下三千尺的瀑布能代替小泓吗？不，不能。红似火的杜鹃花能代替小泓吗？不，不能。此时此刻，对我来说，小泓是无法代替的。我不愿意孤身一人，在黄山山中，瀑布声里，杜鹃花下，去吞寂寞的果实。这就是我不再游黄山的原因。

我同小泓游黄山时的一些情景，在当时，是异常平淡的，甚至连觉得平淡这种感觉都没有。然而，时隔数年，情况大变。现在我才知道，那样平淡的情景，在我一生中，也许仅仅只有一次。时过境迁，人们决不可能再回到过去去；过去的时光也决不会再重现人们眼前。人的一生，不管寿限多么长，大概都是如此的吧。

我这种感觉，古往今来，除了麻木不仁的人以外，大概人人都有，写入诗文的也不少。我自知它并不新鲜，可是我现在仍要把它写下来，其中也并没有什么深奥的意义，不过如雪泥鸿爪，让它在自己回忆里留点痕迹而已。同时我也想借此提醒自己，眼前的每一分每一秒，不管是多么平淡无奇的每一分每一秒，都要珍惜，不要轻易放过。当然，珍惜决不能把时光挽留住。这是不可能的。我的意思只是，要有意识地、认真地、严肃地度过每一分每一秒，将来回忆时不至于像竹篮子打水一场空，要让大事小事都在自己的记忆里打下深刻的烙印，如此而已。

今天上午，由于一个偶然的机会，参观了几年前经过合肥时就想去参观的包公祠。对于这位铁面无私的包公，我一向是非常景仰的。但是，我这一次参观的收获却不在包公和包公祠本身，而在大殿前院子里摆的那几盆杜鹃花。我不是听人说，黄山现在正是杜鹃花盛开的时候吗？在我内心深处，我不是非常渴望看一看黄山的杜鹃花吗？既然不想再去黄山，那渴望也就愈加激烈起来。我无论如何也没有想到，"踏破铁鞋无觅处，得来全不费工夫"，几盆——不知是否是从黄山移植来的——杜鹃花，赫然怒放在我的眼前。它平息了我心里的那一股渴望，我仿佛在心灵中畅游了一次黄山。

今天下午，由于一个更加偶然的机会，我搬出了自己住的房间，无处可去，就来到湖边上我经常散步的地方，坐在石凳子上，把时间打发过去，好等晚上到车站去上车。"难得浮生半日闲"，我近来常有这样的感叹。不意这半日间竟于无意中得之，岂不快哉！我被迫坐在这幽静的湖边上，抬头看白鹭和画眉在树林中穿飞；耳中听到画眉嘹亮的鸣声；低头看到白鹭在湖上飞翔捕鱼；再低头就可以看到大大小小的蚂蚁在草丛中爬来爬去，匆匆忙忙地交头接耳，好像在张罗什么事情。偶尔一回头看，绿草丛中，红红地一闪，我拨开草叶，一颗颗草莓就出现在我眼前。我吃过草莓，但是像在《茵梦湖》中那样寻找野生草莓，我却没有干过。现在又于无意中得之，我只好再说一遍"岂不快哉"了。在兴奋之余，我拿出信纸，开始写这一篇文章，树木和竹子的影子在信纸上摇曳不定，我顾而乐之，心头漾起了从来没有过的新鲜又喜悦的感情。这地方，我今天早晨来过一趟，意思是同这里的湖水、树木、翠竹、红花告别。焉知今天下午竟又会来到这里，一坐就是几个小时。人世变幻，真难逆测啊！

从我上面写的这些东西来看，我的思绪是非常杂乱的。但是，不管多么杂乱，小泓的面影总在我眼前晃动。这个孩子在那遥远的异域的一个城市里已经生活了将近两年了，不知道他现在怎样了。像他这样年龄的孩子，看前途如花似锦，不像我们老人这样容易怀念过去的事。我觉得，这现象是正常的。我们老年人应该时时提醒自己，无论如何不能成为年轻人前进路上的绊脚石、拦路虎，而应该为他们铺路搭桥，不管是否是自己的孩子，都应该一视同仁。于必要时，我们应该让他们踏在我们身上大跨步向前走去。我们的希望在于将来，我们的希望在孩子身上，这是丝毫无可怀疑的。不管出于什么原因，感情上的原因，事实上的原因，都不能改变我们的做法。

可是，我自己确实没有想到，在经历了那么多的悲欢离合之后，我的感情还这样脆弱，我还这样多愁善感。记得宋朝一个词人有两句词："悲欢离合总无情，一任阶前点滴到天明。"我离开这个境界还远得很哩，再继续努力修养吧！

别了，稻香楼！有朝一日，我还希望看到你。

1983年5月10日写于合肥稻香楼
1985年1月13日抄于北京燕园
（原载《散文世界》1985年第6期）

重过仰光

　　从飞机的小窗子里看下去，地面上闪出一团金光，高高地突出在一片浓绿之上。我心里想：仰光到了。

　　是的，仰光到了。几分钟以后，我们就下了飞机，踏上了这一个美丽的城市的土地。

　　踏上这里的土地，我心里是温暖的。

　　又怎么能不温暖呢？我真仿佛同这一个美丽的城市结了缘，在短短十年之内，我这是第六次来到这里了。

　　第一次是坐船来的。船一转进伊洛瓦底江，就看到远处在云霭缥缈中有一个高塔耸入蔚蓝的晴空，闪着耀眼的金光。有人告诉我，这就是有名的大金塔，是仰光的象征。

　　从此，这一座仿佛只能在神话里才能看到的大金塔和这一个可爱的城市就在我心里生了根。

　　第一次，我在这里住的时间比较长，几乎有三个星期。我走遍了所有的主要街道。我既爱挂满了中国字招牌的华侨聚居的广东大街，它让我想到我们的祖国，说实话，这里的中国味真像国内一样浓烈；我也爱两边长满了绿树的郊区的街道。在这里常常会碰到几头神牛，慢悠悠地在绿树丛中转来转去。我十分欣赏它们那种高视阔步睥睨一切、仿佛是天上天下唯我独尊的神气。

我参观了所有的应该参观的地方，其中当然包括大金塔。第一次参观这座佛塔的印象是永生难忘的。我赤着脚走过长长的两旁摆满了花摊的走廊，一步步走上去，终于走到大塔跟前。脚踏在大理石铺的地上，透心地凉。这的确是一个很奇妙的地方。不知道有多少大大小小的殿堂，里面坐满各种各样的佛像。许多善男信女就长跪在这些神像面前，闭目合掌，虔心祷祝。有的烧香，有的泼水，有的供鲜花，有的点蜡烛，有的口中念念有词，大概是对佛爷说话吧。对我来说，这些都是十分新鲜有趣的。至于大金塔本身，那真不愧是一个黄色的奇迹。那么大一座东西，身上竟都糊满了金纸，看上去就像是黄金铸成。整个塔闪着耀眼的金光，比从船上看显得强烈多了。这金光仿佛把周围的一切楼阁殿堂、一切人物树木都化成了黄金色，这金光仿佛弥漫了宇宙。

从那以后，我的一切活动仿佛都离不开这一个黄色的奇迹；因为，在全城任何地方，只要抬头，总可以看到它，金光闪闪，高高地突出在一片浓绿之上。

我的活动是多方面的。我曾访问过仰光大学，同教授们会了面，看了学生的宿舍。我曾看过缅甸艺术家的画廊，欣赏那些五光十色的杰作。我曾拜访过作家和电影演员，他们拿出自己精心编演的影片，给我美的享受。

这一切都是使人难忘的。但是最令人难忘的还是这里的华侨。

他们有的在这里已经住了几代，有的住了几十年，他们一方面同本地人和睦相处，遵守本地的法令，对于这个国家的建设工作也贡献了一些力量；另一方面，他们又热爱自己的祖国，用最大的毅力来保留祖国的风俗习惯。只要祖国有人来，他们就热情招待。我每次同他们接触，都觉得从他们身上学习了一些东西。

此外，还有一个使我永远不能忘怀的人。他是一个十几岁的缅甸孩子。他在一所豪华富丽的旅馆里当服务员。我曾在这里住过一些时候，出出进进，总看到这个男孩子站在大门内的服务台旁边，瞪着一双又圆又大的眼睛，露着一嘴白牙，脸上满是笑容。我很喜欢他，他似乎对我也有一些好感，不久我们就成了朋友。每次我从外面回来，他总跑着迎上去，抢走我手里拿着的东西，飞跑上楼，送到我的房间里。我每次出门，他总跑出去，招呼车辆。我离开这个旅馆的时候，他流露出十分强烈的惜别的情绪，握住我的手，再三说要到北京来看我。

这一切都是过去的事情了。但是，它却并没有因为过去而被遗忘，而是正相反：我每次走过仰光，总不由自主地要温习一遍，时间越久，印象越深刻，历历如绘，栩栩如生，仿佛是昨天才发生的事情。

现在我又来到仰光了。一走下飞机，我就下定决心，要把我回忆中的那些人物和地方都再去看上一看，重新温理旧梦。

当天下午，我就到华侨中学去看中国国家男子篮球队同这个中学的校队比赛篮球。在球场上，我遇到了许多华侨界的老朋友，我们握手话旧，喜上眉梢。那些华侨学生，一个个精力充沛，像生龙活虎一般，看了不由得从心里喜爱。他们为欢迎国家篮球队挂了一幅大标语，上面写着"欢迎祖国来的亲人"。我觉得其中也有我一份，让我一出国就感到无限温暖。

今天早晨，在半睡半醒中，听到楼外面呀呀乱叫，闹嚷嚷吵成一团。我从窗子里看出去：成群的乌鸦飞舞在叶子像翡翠似的大树的周围。它们大声呼喊，震耳欲聋，仿佛不知道世界上还有别的动物，想把世界独占。应该说，我是并不怎样欣赏这种鸟的。但是，在仰光看到这一些浑身黑得像炭精一样的鸟，听到它们哑哑的叫声，我却并不感到多大厌恶。因为它们让我清清楚楚地感觉到，我现在不是在世界上任何城市，而是在缅甸的仰光。这种感觉对我来说是十分珍贵的。我愿意常常保持这种感觉。

大金塔，我当然还是要去拜访一次的。几年没见，我这老朋友似乎越来越年轻了。塔本身大概又重新贴了金，那些小塔也好像是都洗过澡，换上了新衣服，一个个金光闪闪，让人不敢逼视。因为是在早晨，拜佛的人不多，但是也有一些人跪在佛像前，合掌顶礼，焚烧香烛，嘴里祷祝着什么。还有人带着大米来喂鸟，把米一把把地撒在大理石铺的地上。珍珠似的米粒在地上跳动，宛如深蓝色的水面上激起的雪似的浪花。一群鸽子和乌鸦拥挤着，抢着来啄食米粒，吃完再飞上金塔。远远望去，好像是大块黄金上镶嵌了无数的黑宝石。

因为这一次在这里只能停留几天，我们的活动不多。但是我已经很满意了。我怀念的那一些人和那一些地方，我几乎都看到了。我将怀着一颗温暖的心，离开这个美丽的城市，走向离祖国更远的地方去。如果说还感觉到什么美中不足的话，那就是，我没有能够看到那一个在旅馆里工作的小男孩。我在深切地怀念着他。他什么时候才能到北京来看我呢？

1962年11月25日于仰光

忆日内瓦

　　羡林按：偶检旧稿，无意中发现了这一篇散文。我的眼立刻亮了起来，简直像是在陈年古旧的书中发现了一片几十年前夹进去的红叶。时光的流逝好像在上面根本没有留下任何痕迹，依然鲜艳照人。我既惊且喜，立即读了一遍。虽然已经过去了三十年，但文中所写的印象至今依然鲜明、生动。文中提到了美国大兵，迹近不敬。但是，当时他们确是如此。我留下了这一幅写照，反映了历史的真实，难道一点意义也没有吗？质之黄伟经同志，不知以为然否？

　　扩大的日内瓦会议正在紧张地进行着。全世界爱好和平的人们的目光都集中到这一座世界名城上来。十几年前，我曾在那里住过。现在我回忆的丝缕又不禁同这一座美妙绝伦的城市联系起来了。

我首先回忆到的就是日内瓦美丽的风光。大家都知道，瑞士全国就是一个花团锦簇的大花园，到处都可以看到明媚秀丽的山光水色，美不胜收，令人目不暇接。到过那里的人，自然会亲眼观察，亲身经历。连没有到过那里的人也会从画片上领略一二，聊当卧游。在全世界范围内，瑞士之美真可以说是家喻户晓，脍炙人口，看来用不着我在这里浪费笔墨加以描绘了。

我只想谈一点我的观察，我的体会。在我们国家里，一提到山水之美，肯定说是"青山""绿水"。这对不对呢？当然是对的。因为这是我们从实际观察中得出来的结果。如果有人怀疑的话，有诗为证。用不着到处翻阅，仅就我记忆所及，就可以举出不少的例证来。唐代诗人韦应物的《东郊》里有这样两句话："杨柳散和风，青山澹吾虑。"李白的《送友人》："青山横北郭，白水绕东城。"杜甫的《奉济驿重送严公四韵》："远送从此别，青山空复情。"最全面的当然是王湾的《次北固山下》："客路青山下，行舟绿水前。"你看，"青山""绿水"这里全有了。如果还需要现在的例证的话，那就是毛主席的《送瘟神》。青和绿这两样颜色，确实能够概括中国山水之美。不管是阳朔，还是富春；不管是峨眉，还是雁荡，莫不皆然。

然而，谈到瑞士的山水，我觉得，青和绿似乎就不够了。我小的时候，很喜欢看瑞士风景画片。几乎在每一张画片上，除了青和绿之外，都还可以看到一种介乎淡紫淡红淡黄之间的似浓又似淡的颜色。我当时颇不以为然，以为这是印画片的人创造出来的，实际上是不会存在的。但是，当我到了瑞士以后，我亲眼看到了这一种颜色，我的疑团顿消，只好承认它的存在了。在白皑皑的雪峰下面，在苍翠葱郁的树林旁边，特别是在小湖的倒影中，有那么一层青中透紫的轻霭若隐若现地浮动在那里，比起纯粹的青和绿来，更是别有逸趣。如果有人想把这种颜色抓住，仔细加以分析研究，亲身走到山下林中去观察，那么他看到的只是树木山峰，"青霭入看无"，他什么也看不到的。

我不懂光学，我不知道这种颜色是怎样形成的。我只是觉得它很美。对我来说，我看这也就够了。中国古代诗文描绘山水，除了上面说到的青和绿外，也有用紫色的。王勃的《滕王阁序》里就有"烟光凝而暮山紫"这样的句子。住在北京的人黄昏时分看西山，也会发现紫的颜色。但是，这只限于黄昏时分。而在瑞士却不是这样。一日之内，只要有太阳，就能看到这一团紫气，人们几乎一整天都能够欣赏这种神奇的景色。

我虽然谈的是整个瑞士，实际上也就是谈日内瓦。不过有一条：在日内瓦城内，这景色是看不到的。一旦走进附近的山林中，却可以充分地尽情地享受这种奇丽的景色。我之所以特别喜欢日内瓦，这也是原因之一。

其他原因是什么呢？恐怕首先就是莱芒湖。我住在那里的时候，每天都是很早就起来。我的第一件工作就是到莱芒湖边去散步。湖这样大，水这样深，而且又清澈见底，在世界上其他国家确实是极罕见的。湖的对岸是高耸入云的雪峰，就是在夏天，上面的积雪也不融化，一片白皑皑的雪光压在这一座美丽的小城的上面，使人随时都想到"积雪浮云端"这样的诗句。而湖面的倒影，似乎比上面的对立面还更动人，比真实的东西还更真实——白色显得更白，红色显得更红，绿色显得更绿——这一些颜色混合起来，在波平如镜的湖面上，绘上了一幅绚烂多彩的图画。

在湖边漫步的时候，几乎每次都能够看到一两只或者三四只白色的天鹅，像纯白的军舰一样，傲然在湖里游来游去。据老日内瓦说，这些鹅都是野鹅，它们并不住在日内瓦，它们的家离开日内瓦还有上百里的路程。每天它们都以惊人的速度从那里游来；到了一定的时候，再游回去，天天如此。对我来说，这也是非常新鲜的事。我立即想到欧洲的许多童话，白鹅在里面是主人公，它们变成太子或者公主，做出许多神奇的事情。我面对着这样如画的湖山，自己也像是走进一个童话的王国里去了。

日内瓦的好地方多得很。这里有列宁读过书的地方，有卢梭的纪念碑，有整齐宽敞的街道，有五颜六色各式各样的楼房别墅，还有好客的瑞士人。这一切都是回忆的最好的资料。可惜我离开日内瓦时间已经太久了，到现在有点朦胧模糊。即使自己努力到记忆里去挖掘，有时候也只能挖出一些断片，联不成一个整体的东西了。

无论如何，日内瓦留给我的印象是非常美妙的，我自己也常常高兴回忆它。就算是只能回忆到一些断片吧，它们仍然能带给我一些快乐。这一次又回忆到这一座中欧的名城，情形也不例外。

但是，事情也不全是美妙的。青山绿水，再加上那么一团紫气，确实是美丽动人；莱芒湖的白鹅也确实能引人遐想。可是在这一些美丽的东西之间，总还似乎有那么一点不十分如意的东西，很不调和地夹杂在里面，使我有骨鲠在喉之感。这究竟是什么东西呢？我有点困惑了。我左思右想，费了很大的劲，终于恍然大悟：就是美国大兵。

美国大兵同美丽的日内瓦有什么关系呢？原来在二次大战前后，美国统治者趁火打劫，又发了一笔横财，在世界上许多国家里都建立了军事基地。这就需要大量的士兵驻在国外。美国人民并不甘心给华尔街的老板们到外国去卖命。老板们于是就想尽了办法，威胁利诱，金钱美人，能用的全用上了，效果仍然不大。他们异想天开，最后想到打瑞士的主意。他们规定下：谁要是在国外服兵役多少多少年，就有权利到这个山明水秀的世界公园里来逛上一两周。

这办法大概发生了作用，当我到了瑞士的时候，到处都可以看到身着美国军服，嘴里嚼着口香糖，迈着美国人特有的步子大声喧嚷的美国士兵。谁也不知道，他们眼睛里究竟看到了些什么。他们徜徉于山上、林中、湖边、街头，看来也自得其乐。但是，事情是不能尽如人意的。瑞士这个地方是有钱不愁花不出去的，而美国大兵口袋里所缺的就是钱这玩意儿。有些人意志坚强一些，能够抗拒大玻璃窗子里陈列着的金光闪闪的各种名牌手表的诱惑，能够抗拒大旅馆中肉山酒海的诱惑。但是，据说也有少数人，少数美国大少爷抵抗不住这种诱惑。那么怎么办呢？美国颇为流行的海盗海淫的小说中是有锦囊妙计的。到了此时，只好乞灵于这些妙计了。我曾几次听瑞士朋友说，在夜里，有时候甚至在白天，大表店里的大玻璃窗子就被砸破，有人抓到几只手表，就飞奔逃走。据说，还有更厉害的。有的美国大兵，也是由于抵挡不住美妙绝伦的瑞士名表的诱惑，又没有赤手空拳砸破玻璃窗子的勇气，天无绝人之路，他们卖掉自己的钢笔以及身上所有能够卖掉的东西，用来换一只手表。据说有人连军装都脱下来卖掉。难道这就是他们吹嘘的所谓民主自由吗？这些事情听起来颇为离奇。但是，告诉我这些事情的瑞士朋友并不是说谎者，他们是真诚的。事情究竟怎样，那只有天知道了。

就这样，美国某一些士兵带到瑞士去的这样的"美国生活方式"，颇引起一些人们的喊喊喳喳。这种事情无论如何也同这世界花园的神奇的青色、绿色和紫色有些矛盾，有些不调和，有些不协调，有些煞风景。难道不是这样吗？

过了没有多久，我就离开了瑞士，到现在一转眼已经十五年了。我头脑里煞风景的感觉，一直没能清除。到了今天，扩大的日内瓦会议又在这一座美丽的城市里开幕了。以国务卿腊斯克为首的美国代表团，千方百计在会内、会外捣乱，企图阻挠会议的进行。他们撒谎，吹牛，装疯，卖傻，极尽出丑之能事，集丢人之大成。我于是恍然大悟：这一批家伙干坏事，既不择时，也不择地。原来我对美国兵所作所为的那些想法简直是太幼稚了。我现在仿佛是如来佛在菩提树下成了道，我把那一些不切实际的想法通通丢掉，什么矛盾，什么不调和，什么不协调，什么煞风景，都见鬼去吧。十五年前我在瑞士遇到的美国兵，今天在日内瓦开会的美国官，他们是一脉相承，衣钵不讹。这些人都不能代表真正的美国老百姓，但又确确实实都是美国产品。道理是明摆着的。我们应该把二者区分开来，才是全面而又准确的。想到这里，我的心情愉快了，疑团消逝了。今后我再回忆日内瓦的时候，就只有神奇美妙的山水，莱芒湖中漫游的白鹅，又青又绿又紫的那一团灵气，还有好客的居民。这些美好的回忆将永远伴随着我，永远，永远。

1961年6月4日原作
1992年2月13日重抄

歌唱塔什干

　　我怎样来歌唱塔什干呢？它对我是这样熟悉，又是这样陌生。

　　在小学念书的时候，我就已经读到有关塔什干的记载。以后又有机会看到这里的画片和照片。我常想象：在一片一望无际的沙漠中间，在一片黄色中间，有一点绿洲，塔什干就是在这一点浓绿中的一颗明珠。它的周围全是瓜园和葡萄园。在翡翠般的绿叶丛中，几尺长的甜瓜和西瓜把滚圆肥硕的身体鼓了出来。一片片的葡萄架，在无边无际的沙漠中，形成了一个个的绿点。累累垂垂的葡萄就挂在这些绿点中间。成群的骆驼也就在这绿点之间走动，把巨大的黑影投在热烘烘的沙地上。纯伊斯兰风味的建筑高高地耸入蔚蓝的晴空中。古代建筑遗留下来的断壁颓垣到处都可以看到。蓝色和绿色琉璃瓦盖成的清真寺的圆顶，在夕阳余晖中闪闪发光。

大起来的时候，我读了玄奘的《大唐西域记》。我知道，他在7世纪的时候走过中亚到印度去求法。他徒步跋涉万里，曾到过塔什干。关于这个地方的生动翔实的描述还保留在他的著作里。这些描述并没有能改变我对塔什干的那一些幻想。一提到塔什干，我仍然想到沙漠和骆驼，葡萄和西瓜；我仍然看到蓝色的和绿色的琉璃瓦圆顶在夕阳余晖中闪闪发光。

我想象中的塔什干就是这个样子，它在我的想象中已经待了不知道多少年了；它是美丽的、动人的。我每一次想到它，都不禁为之神往。我心中保留着这样一个幻想的城市的影子，仿佛保留着一个令人喜悦的秘密，觉得十分有趣。

然而我现在竟然真来到了塔什干，我梦想多年的一个地方竟然亲身来到了。这真就是塔什干吗？我万没有想到，我多少年来就熟悉的一个城市，到了亲临其境的时候，竟然会变得这样陌生起来。我想象中的塔什干似乎十分真实，当前的真实的塔什干反而似乎成为幻想。这个真实的塔什干同我想象中的那一个是有着多么大的不同啊！

我们一走下飞机，就被热情的苏联朋友们包围起来。照相机、录音机、扩音器，在我们眼前摆了一大堆。只看到电光闪闪，却无法知道究竟有多少照相机在给我们照相。音乐声、欢笑声、人的声音和机器的声音，充满了天空。在热闹声中，我偷眼看了看机场：是一个极大极现代化的飞机场。大型的"图-104"飞机在这里从从容容地起飞、降落。候机室也是极现代化的高楼。从楼顶上垂下了大幅的红色布标，上面写着欢迎参加亚非作家会议的各国作家的词句。

　　汽车开进城去，是宽阔洁净的柏油马路，两旁种着高大的树。树荫下是整齐干净的人行道。马路两旁的房子差不多都是高楼大厦，同莫斯科一般的房子也相差无几。中间或间杂着一两幢具有民族风味的建筑。只有在看到这样的房子的时候，我心头才漾起那么一点"东方风味"，我才意识到现在是在苏联东方的一个加盟共和国里。

　　为了迎接亚非作家会议的召开，古城塔什干穿上了节日的盛装。大街上，横过马路，悬上了成百成千的红色布标，用汉文、俄文、乌兹别克文、阿拉伯文、日文、英文，以及其他文字，写着欢迎祝贺的词句，祝贺亚非人民大团结，希望亚非人民之间的友谊万古常青。有上万盏，也许是上十万盏——谁又知道究竟有多少万盏呢——红色电灯悬在街道两旁的树上、房子上、大建筑物的顶上。就是在白天，这些电灯也发着光芒。到了夜里，这些灯群更把塔什干点缀成一个不夜之城。从任何一条比较大的马路的一端望过去，一重重一层层一团团的红色灯光，一眼看不到头，比天空里的繁星还要更繁。

　　这不是我多少年来所想象的那一个塔什干，我想象中的那一个塔什干哪里是这样子呢？

　　然而这的确又是塔什干。

　　面对着这一个美丽的大城市，觉得它十分熟悉，又十分陌生，我的心情有点错乱了。

　　但是，我并没有真正错乱，我一下子就爱上了这一个塔什干。就让我那一些幻想随风飘散吧！不管它是多么美丽，多么动人，还是让它随风飘散吧！如果飘散不完的话，就让它随便跟一个什么城市连接在一起吧！我还是十分热爱我跟前的这一个塔什干。

我怎能不热爱这一个塔什干呢？它的妙处是说不完的，用多少话也说不完，用什么话也说不完。

这里的太阳似乎特别亮，一走进这个城市，就仿佛沐浴在无边无际的阳光中。在淡蓝的天空下，房子的颜色多半是浅白的，有的稍微带一点淡黄、淡灰，有的带一点浅红；大红大绿是非常少的。大概这里下雨的时候也不太多，天永远晴朗。这一切配合起来，就把这里的阳光衬托得更加明亮。你一走进塔什干，只需待上那么一两个钟头，你就会感觉到，这里的太阳永远是这样亮；你会感觉到，一年四季，阳光普照；百年千年，也会是这样。

到处都可以看到玫瑰花。但是你却千万不要用我们平常对于玫瑰花的概念来想象这里的玫瑰花。你应该想象：在小树上开满了牡丹花或芍药花，这样就跟这里的玫瑰花差不多了。就是这样大的玫瑰花，一丛丛，一团团，开在闹市中间，开在浅白色的楼房的下面，开在喷水池旁，开在幽雅的公园中，开在巨大的铜像的周围，枝子高，花朵大，在早晨和黄昏，香气特别浓，给这一座美丽的城市增添了芳香。

葡萄架比玫瑰花丛还要多，几乎家家都有一架葡萄，撑在房子前面，在白色的阳光下，把浓黑的影子投在地上。葡萄的种类据说有一千多种，而且每一种都是优良品种。我们到了塔什干，正是葡萄熟了的时候。家家门口或者小院子里都累累垂垂地悬着一嘟噜一嘟噜的葡萄，黄的、红的、紫的、绿的、长的、圆的，大大小小，不同的颜色，不同的样子，像是一串串的各色的宝石。

说到葡萄的味道，那是无法形容的。语言文字在这里仿佛都失掉了作用。你可以拿你一生吃过的各种各样的最甜美的水果来同它比较，你可以说它像山东肥城的蜜桃，你可以说它像江西南丰的蜜橘，你可以说它像广东增城挂绿的荔枝，你可以说它像沙田的柚子，你可以说它像一切你曾尝过你能够想象到的水果——这些比拟都有道理，它的确有一点像这些东西，但是又不全像这些东西。我们用尽了我们的想象力和联想力，归根结底，还只有说：它什么都不像，只是像它自己。

我们一到塔什干，这种绝妙的东西就成了我们的亲密朋友。我们在这里住了将近三个星期，随时随地都要跟它接触，它给我们的生活增添了无穷的情趣。一日三餐的餐桌上摆的是一盘盘的葡萄，像是一盘盘红色的、紫色的、黄色的、绿色的宝石，把餐桌衬托得美丽动人。在会场的休息室里摆的也是一盘盘的葡萄。在我们住的房间里，每天都有人把成盘的葡萄送来，简直是取之不尽，用之不竭。我们出席宴会，首先吃到的也是葡萄。到集体农庄去参观，主人从枝子上剪下来塞到我们手里的还是葡萄。塔什干真正成了一个葡萄城。

这一种个儿不大的果品还让我们回忆起历史，把我们带到遥远的古代去。在汉代，中国旅行家就已经从现在的中亚细亚一带地方把这种绝妙的水果移植到中国来。移植的地方是不是就是我们现在所在的塔什干呢？我不能不这样遐想了。我不由自主地想到两千多年以前葡萄通过绵延万里渺无人烟的大沙漠移植到东方去的情况，想到我们同这一带地方悠久的文化关系，想到当年横贯亚洲的丝路，成捆成捆的中国丝绸运到西方去，把这里的美女打扮得更加美丽，给这里的人民带来快乐幸福。就这样，一直想下来，想到今天我们同苏联各族人民的万古常青牢不可破的兄弟般的友谊。我心里面思潮汹涌，此起彼伏。我万没有想到这一颗颗红色的、黄色的、紫色的、绿色的宝石，竟有这样大的魔力，它们把过去两千多年的历史一幕一幕地活生生地摆在我的眼前……

不管这里的自然景色多么美好，不管这里的西瓜和葡萄多么甘美，塔什干之所以可爱、可贵，之所以令人一见难忘，却还并不在这自然景色，也不在这些瓜果，而在这里的人民。

对这样的人民，我还有什么话可说呢？他们同苏联其他各地的人民一样，热情、直爽，坦白、好客。他们把亚非作家会议的召开看成是自己的节日，把从亚非各国来的代表看成是自己最尊贵的客人和兄弟姐妹。在这一段时间内，他们每天都穿上美丽多彩的民族服装，兴高采烈，喜气洋洋。我虽然跟他们交谈得不多，但是看来他们每天想到的是亚非作家会议，谈到的也是亚非作家会议。他们是在过他们一生中最好的一个节日，全城大街小巷到处都弥漫着节日的气氛。

为了招待各国的代表，乌兹别克加盟共和国的领导人特别在城中心纳沃伊大剧院的对面建筑了一座规模很大的旅馆。里面是崭新的现代化的设备，外表上却保留了民族的风格。墙壁是淡黄色的，最高的一层看起来像是一座凉亭。给人的印象是朴素、幽雅、美丽。

在塔什干旅馆和纳沃伊大剧院之间是一个极大的广场。这个广场十分整齐美观，是我在许多国家许多城市所看到的最美的广场之一。中间用柏油和大块的石头铺得整整齐齐，四周是四条又宽又长的马路。在这些马路上，日夜不停地行驶着各种各样的汽车。按理说，这个广场应该很乱很闹，但是，如果你在广场的中心一站，你却不但不感觉到乱和闹，而且还会感觉到有一点寂静，似乎远远地离开了闹市的中心。难道这里面还有什么奥秘吗？广场大，它自己又仿佛形成了一个独立的世界，这就是奥秘之所在。广场中心有一个大喷水池，它就是这一个独立世界的中心。银白色的不断喷涌的水柱，水柱中红红绿绿变幻不定的彩虹，谁看到它，谁的注意力一下子就会给它吸住，不管有多少人，只要他们一踏上广场，就会不由自主地对喷泉发生向心力。对他们来说，广场以外的东西似乎根本不存在了。此外，广场的两旁还栽种了雨后像小树丛一样大小的玫瑰花。季候虽然已近深秋，大朵的玫瑰花仍在怒放。它们的色和香也仿佛构成了一座墙壁，把广场和外面的热闹的马路隔开。

在这个全城的节日里，这个广场也穿上了节日的盛装。那许多临时售卖书报的小亭，都油饰一新。红色的电灯挂满了全场。两头两个大建筑物上的五彩缤纷的标语交相辉映。两面的大街上，横悬着两幅极其巨大的红色布标。一幅上面用汉文写着："向亚非作家会议参加者致热烈的敬意。"一幅写着："所有国家的文学都应该为人民，为和平，为先进事业，为各民族之间的友谊而服务。"布标的红色仿佛把广场都映红了。我们走在这一片红光里，看到我们熟悉的汉字，似乎已经回到了祖国。

在那一些日子里，这一个广场就成了全城聚会的中心。

天还没有亮，塔什干人民就成群结队地来到广场上。父母抱着孩子，孙子扶着祖母，男女老幼，拥拥挤挤，都来了。里面各族人民都有，有俄罗斯人，有乌兹别克人，有朝鲜族人，还有其他各族的人民。他们都穿得整整齐齐，脸上带着愉快的笑容。闹闹嚷嚷，喜喜欢欢，在这里一直待到深夜。

每天，从早到晚，广场上人群队形是随着时间的不同而随时在变化着。一看队形，就几乎可以猜出时间来。早晨初到广场上的时候，人群是零零乱乱地到处散布着的。在这一大片场子上，各处都有人。只在中央喷水池的周围，在玫瑰花畦的旁边，聚集得比较密一点。大家的态度都从从容容，一点也不紧张。在这时候，广场上是一片闲闲散散的气象。

一到大会开始前半小时，代表们从塔什干旅馆走向纳沃伊大剧院的时候，广场上的队形就陡然变化。人群从块块变成了条条，很自然地形成了两路纵队。一头是塔什干旅馆，另一头是纳沃伊大剧院，仿佛是两条巨龙。中间人稍稍稀疏一点，这就是巨龙的细腰；一头一尾则又粗又大。这时候，广场上的气象由从容闲散一变变得热烈紧张。不管是大人小孩，很多人手里都拿了一个小本子或者几张白纸，争先恐后地拥上前去，请代表们在上面签字。有些人就在旁边的书摊上买了亚非各国文学作品的俄文或者乌兹别克文的译本，请代表们把名字写在上面。有的父母抱着三四岁的小孩子，小孩子手里拿了小本子或者书籍，高高地举在代表们眼前，小眼睛一闪忽一闪忽地，等着签字。还有一些人，手里什么都没有拿，看样子是并不想得到什么签字。但是他们也是满腔热情十分勇敢地挤在人群里，拼命伸长了脖子，想多看代表们两眼。在这时候，广场上是一片热闹景象。

到了代表们不开会而出去参观的时候，队形又大大地改变。这时候的广场上，不是一块块，也不是一条条，而是一团团。每一团的中心，不是一辆汽车，就是几个代表。他们被塔什干的人民包围起来了。这里的人民愿意同代表们谈一谈，交换一些徽章或者其他的纪念品。从塔什干旅馆的五层楼上看下来，广场上仿佛开出了一朵朵的大黑花，周围黑色的人群形成了花瓣，穿着花花绿绿的服装的非洲代表和披着黄色袈裟的锡兰代表，就形成了红红绿绿或黄色的花心。

有一次，我看到一个老祖母抱了小孙女，坐在大剧院门外台阶上，喘着气休息。她见了我，就对着我笑，我也笑着向她问安，并且逗引小女孩。这就引得这一位白发老人开了话匣子。她告诉我，她的家离这里很远，她坐了很久的电车和公共汽车才来到这里。"年纪究竟大了，坐了这样久电车和汽车，就觉得有点受不了，非坐下来喘一口气休息休息不行了。"说着擦了擦头上的汗，又说下去："各国的代表都来了，塔什干还是头一次开这个眼界呢。你们是我们最欢迎的客人，我在家里怎么能待得下去呢？小孙女还小，不懂事，但是我也把她带来，她将来大了，好记住这一回事。"这样的感情难道只是这一位白发老人的感情吗？

又有一次，我碰到了一群朝鲜族的男女学生。他们一看到我，就像看到了久别的亲人，一拥而上，争着来跟我握手。十几只手同时向我伸过来，我恨不能像庙里塑的千手千眼菩萨一样，多长出一些手来，让这些可爱的孩子每个人都满足愿望，现有的这两只手实在太不够分配了。握完了手，又争着给我照相，左一张，右一张，照个不停。照完了相，又再握手。他们对于我依依难舍，我也真舍不得离开这一群可爱的孩子。

还有一次，是在晚上，我们到什么地方去参加宴会。一上汽车，司机同志为了"保险"起见，就把车门关上了。但是外面的人还是照样像波涛似的涌上来，把汽车团团围住，后面的人不甘心落后，拼命往前挤；前面的人下定决心，要坚守阵地，因而形成了相持不下的局面，后面来的人却愈来愈多了。很多人手里高高地举着签名的小本子，向着我们直摇摆。但是司机却无论如何也不开门。我们只有隔着一层玻璃相对微笑。我们的处境是颇有点尴尬的。一方面，我们不愿意伤了司机同志的"好意"；另一方面，我们又觉得有点对不起车窗外这些热情的人们。正在左右为难的时候，我们忽然看到人群里挤出来了一个中年男子，怀里抱着一个三四岁的小孩，手里还领着两个六七岁七八岁的孩子。看样子不知道费了多大劲才挤到车跟前来，他含着微笑，把小孩子高高举起来，小孩子也在对着我们笑。看了这样天真的微笑，我们还有什么办法呢？眼前的这一层薄薄的玻璃，蓦地成了我们的眼中钉。我们请求司机同志把汽车的大门打开，我们争着去抱这一个可爱的小孩子，吻他那苹果般的小脸蛋，把一个有毛主席像的纪念章别在他的衣襟上。

这样的情景几乎每天都有，它使我们十分感动，我们陶醉于塔什干人民这种热情洋溢的友谊中。

但是我们也有受窘的时候，也有不得不使他们失望的时候。最初，因为我们经验不丰富，一走出塔什干旅馆，看到这些可爱的人民，我们的热情也燃烧起来了。我们握手，我们签名，我们交换纪念品，我们做一切他们要我们做的事情。根本没有注意到，也没有觉到时间的逝去。等我们冲出重围到了会场的时候，会议已经开始很久了。据我的观察，其他国家的代表也有类似的情况。我常常在楼上看到代表们被包围的情况。有一次，一个印度代表被群众包围了大概有四个小时。另外一次，我看到一个穿黄色袈裟的锡兰代表给人包围起来。我不知道是什么时候开始的，我看到的时候，他周围已经围了六七百人。等了很久，我在屋子里工作疲倦了，又走上凉台换一换空气的时候，我看到黄色的袈裟还在人丛里闪闪发光。又等了很久，他大概非走不行了。他走在前面，后面的人群仍然尾追不散，一直跟出去很远很远，仿佛是一只驶往远洋的轮船，后面拖了一串连绵不断的浪花。

在这样的情况下，我们要出门的时候，就先在旅馆里草拟一个"联防计划"。如果有什么人偶入重围，我们一定要派人去接应，去解围。我们有时候也使用金蝉脱壳的计策，把群众的注意力转移到别的地方去，我们自己好顺利地通过重重的包围，不致耽误了开会或者宴会的时间。

这样一来，自然会给这一些可爱的塔什干人民带来一些失望，我们又有什么办法呢？在我们内心的深处，我们实在为他们这种好客的热情所感动，我们陶醉于塔什干人民的热情洋溢的友谊中。

等我们在哈萨克加盟共和国的首都阿拉木图访问了五天又回到塔什干来的时候，会议已经结束了好多天，代表们差不多都走光了。我们也只能再在这一个可爱的城市里住上一夜，明天一大早就要离开这里，离开这一些热情的人民，到莫斯科去了。

吃过晚饭，我怀了惜别的心情，站在五层楼的凉台上，向下看。我还想把这里的东西再多看上一眼，把这些印象牢牢地带回国去。广场上冷冷清清，只有稀稀落落的人影，在空荡荡的场子里来回地晃动。成千盏成万盏的红色电灯仍然在寂寞中发出强烈的光辉。

但是仍然有一群小孩子挤在旅馆门口，向里面探头探脑。代表们都走了，旅馆也空了。看来这些小朋友并不甘心，他们大概希望像前几天开的那样的会能够永远开下去，让塔什干天天过节。现在看到场子上没了人，旅馆里也没了人，他们幼稚的心灵大概很感到寂寞吧。

我对这一些天真可爱的小朋友有无限的同情。我也希望，能够永远住在塔什干，天天同这一些可爱的人民欢度佳节。但是，在实际生活中，这只是幻想，是完全不可能的，是永远也不会实现的。会议完了，我们的任务已经完成；现在我们的任务是，把在塔什干会议上形成的所谓塔什干精神带到世界各地去，让它在世界上每一个角落里开出肥美的花，结出丰硕的果。

我来到了塔什干，现在又要离开了。当我才到的时候，我对这一个城市又感到熟悉，又感到陌生。当我离开它的时候，我对它感到十分熟悉，我爱上了这一个城市。现在先唱出我的赞歌，希望以后再同它会面。

1959年3月23日

遥远的怀念

华东师范大学出版社编辑部出了这样一个绝妙的题目，实在是先得我心。我十分愉快地接受了写这篇文章的任务。

唐代的韩愈说："古之学者必有师。师者，所以传道、受业、解惑也。"今之学者亦然。各行各业都必须有老师。"师父领进门，修行在个人。"虽然修行要靠自己，没有领进门的师父，也是不行的。

我这一生，在过去的六十多年中，曾有过很多领我进门的师父。现在虽已年逾古稀，自己也早已成为"人之患"（"人之患，在患为人师"），但是我却越来越多地回忆起过去的老师来。感激之情，在内心深处油然而生。我今天的这一点点知识，有哪一样不归功于我的老师呢？从我上小学起，经过了初中、高中、大学一直到出国留学，我那些老师的面影依次浮现到我眼前来，我仿佛又受了一次他们的教诲。

关于国内的一些老师，我曾断断续续地写过一些怀念的文章。我现在想选一位外国老师，这就是德国的瓦尔德施米特教授。

我于1934年从清华大学西洋文学系毕业，在故乡济南省立高中当了一年国文教员。1935年深秋，我到了德国，在哥廷根大学学习。从1936年春天起，我从瓦尔德施米特教授学习梵文和巴利文。我在清华大学读书时曾旁听过陈寅恪先生的"佛经翻译文学"。我当时就对梵文发生了兴趣。但那时在国内没有人开梵文课，只好画饼充饥，徒唤奈何。到了哥廷根以后，终于有了学习的机会，我简直是如鱼得水，乐不可支。教授也似乎非常高兴。他当时年纪还很轻，看上去比他的实际年龄更年轻，他刚在哥廷根大学得到一个正教授的讲座。他是研究印度佛教史的专家，专门研究新疆出土的梵文贝叶经残卷。除了梵文和巴利文外，还懂汉文和藏文，对他的研究工作来说，这都是不可缺少的。我一个中国人为什么学习梵文和巴利文，他完全理解。因此，他从来也没有问过我学习的动机和理由。第一学期上梵文课时，班上只有三个学生：一个乡村牧师，一个历史系的学生，第三个就是我。梵文在德国也是冷门，三人成众，有三个学生，教授就似乎很满意了。

教授的教学方法是典型的德国式的。关于德国教外语的方法我曾在几篇文章里都谈到过，我口头对人"宣传"的次数就更多。我为什么对它如此地偏爱呢？理由很简单：它行之有效。我先讲一讲具体的情况。同其他外语课一样，第一年梵文（正式名称是：为初学者开设的梵文）每周两次，每次两小时。德国大学假期特长特多。

每学期上课时间大约只有二十周，梵文上课时间共约八十小时，应该说是很少的。但是，我们第一学期就学完了全部梵文语法，还念了几百句练习。在世界上已知的语言中，梵文恐怕是语法变化最复杂、最烦琐，词汇量最大的语言。语法规律之细致、之别扭，哪一种语言也比不上。能在短短的八十个小时内学完全部语法，是很难想象的。这同德国的外语教学法是分不开的。

第一次上课时，教授领我们念了念字母。我顺便说一句，梵文字母也是非常啰唆的，绝对不像英文字母这样简明。无论如何，第一堂我觉得颇为舒服，没感到有多大压力。我心里满以为就会这样舒服下去的。第二次上课就给了我当头一棒。教授对梵文非常复杂的连声规律根本不加讲解。教科书上的阳性名词变化规律他也不讲。一下子就读起书后面附上的练习来。这些练习都是一句句的话，是从印度梵文典籍中选出来的。梵文基本上是一种死文字。不像学习现代语言那样一开始先学习一些同生活有关的简单的句子：什么"我吃饭"，"我睡觉"等等。梵文练习题里面的句子多少都脱离现代实际，理解起来颇不容易。教授要我读练习句子，字母有些还面生可疑，语法概念更是一点也没有。读得结结巴巴，译得莫名其妙，急得头上冒汗，心中发火。下了课以后，就拼命预习。一句只有五六个字的练习，要查连声，查语法，往往要做一两个小时。准备两小时的课，往往要用上一两天的时间。我自己觉得，个人的主观能动性真正是充分调动起来了。过了一段时间，自己也逐渐适应了这种学习方法。头上的汗越出越少了，心里的火越发越小了。我尝到了甜头。

除了梵文和巴利文以外，我在德国还开始学习了几种别的外语。教学方法都是这个样子。相传19世纪德国一位语言学家说过这样的话："拿学游泳来打个比方，我教外语就是把学生带到游泳池旁，一下子把他们推下水去。如果他们淹不死，游泳就学会了。"这只是一个比方，但是也可以看出其中的道理。虽然有点夸大，但道理不能说是没有的。在"文化大革命"中，我自己跳出来，成了某一派"革命"群众的眼中钉、肉中刺，被"打翻在地，踏上了一千只脚"，批判得淋漓尽致。我宣传过德国的外语教学法，成为大罪状之首，说是宣传德国法西斯思想。当时一些"革命小将"的批判发言，百分之九十九点九是胡说八道，他们根本不知道，这种教学法兴起时，连希特勒的爸爸都还没有出世哩！我是"死不改悔"的顽固分子，今天我仍然觉得这种教学法能充分调动学生的积极性，尽早独立自主地"亲口尝一尝梨子"，是行之有效的。

这就是瓦尔德施米特教授留给我的第一个也是最深的一个印象。从那以后，一直到1939年第二次世界大战爆发，他被征从军为止，我每一学期都必选教授的课。我在课堂上（高年级的课叫作习弥那尔①）读过印度古代的史诗、剧本，读过巴利文，解读过中国新疆出土的梵文贝叶经残卷。他要求学生极为严格，梵文语法中那些古里古怪的规律都必须认真掌握，决不允许有半点马虎和粗心大意，连一个字母他也决不放过。学习近代语言，语法没有那样繁复，有时候用不着死记，只要多读一些书，慢慢地也就学通了。但是梵文却绝对不行。梵文语法规律有时候近似数学，必须细心地认真对付。教授在这一方面是十分认真的。后来我自己教学生了。我完全以教授为榜样，对学生要求严格。等到我的学生当了老师的时候，他们

---

① 习弥那尔，即 Seminar。

也都没有丢掉这一套谨严细致的教学方法。教授的教泽真可谓无远弗届，流到中国来，还流了几代。我也总算对得起我的老师了。

瓦尔德施米特教授的专门研究范围是新疆出土的梵文贝叶经。在这一方面，他是蜚声世界的权威。他的老师是德国的梵文大家吕德斯教授，也是以学风谨严著称的。教授的博士论文以及取得在大学授课资格的论文，都是关于新疆贝叶经的。这两本厚厚的大书，里面的材料异常丰富，处理材料的方式极端细致谨严。一张张的图表，一行行的统计数字，看上去令人眼花缭乱，令人头脑昏眩。我一向虽然不能算是一个马大哈，但是也从没有想到写科学研究论文竟然必须这样琐细。两部大书好几百页，竟然没有一个错字，连标点符号，还有那些稀奇古怪的特写字母或符号，也都是个个确实无误，这实在不能不令人感到吃惊。德国人一向以彻底性自诩。我的教授忠诚地保留了德国的优良传统。留给我的印象让我终生难忘，终生受用不尽。

但是给我教育最大的还是我写博士论文的过程。按德国规定，一个想获得博士学位的学生必须念三个系：一个主系和两个副系。我的主系是梵文和巴利文，两个副系是斯拉夫语文系和英国语文系。指导博士论文的教授，德国学生戏称之为"博士父亲"。怎样才能找到博士父亲呢？这要由教授和学生两个方面来决定。学生往往经过在几个大学中获得的实践经验，最后决定留在某一个大学跟某一个教授做博士论文。德国教授在大学里至高无上，他说了算，往往有很大的架子，不大肯收博士生，害怕学生将来出息不大，辱没了自己的名声。越是名教授，收徒弟的条件越高。往往经过几个学期的习弥那尔，教授真正觉得孺子可教，他才点头收徒，并给他博士论文题目。

对我来讲，我好像是没有经过那样漫长而复杂的过程。第四学期念完，教授就主动问我要不要一个论文题目。我听了当然是受宠若惊，立刻表示愿意。他说，他早就有一个题目《〈大事〉伽陀中限定动词的变化》，问我接受不接受。我那时候对梵文所知极少，根本没有选择题目的能力，便满口答应。题目就这样定了下来。佛典《大事》是用所谓"混合梵文"写成的，既非梵文，也非巴利文，更非一般的俗语，是一种乱七八糟杂凑起来的语言。这种语言对研究印度佛教史、印度语言发展史等都是很重要的。我一生对这种语言感兴趣，其基础就是当时打下的。

题目定下来以后，我一方面继续参加教授的习弥那尔，听英文系和斯拉夫语系的课，另一方面就开始读法国学者塞那校订的《大事》，一共厚厚的三大本，我真是争分夺秒，"开电灯以继晷，恒兀兀以穷年"。我把每一个动词形式都做成卡片，还要查看大量的图书杂志，忙得不可开交。此时国际环境和生活环境越来越恶劣。吃的东西越来越少，不但黄油和肉几乎绝迹，面包和土豆也仅够每天需要量的三分之一至四分之一。黄油和面包都掺了假，吃下肚去，咕咕直叫。德国人是非常讲究礼貌的。但在当时，在电影院里，屁声相应，习以为常。天上还有英美的飞机，天天飞越哥廷根上空。谁也不知道，什么时候会有炸弹落下，心里终日危惧不安。在自己的祖国，日本军国主义者奸淫掳掠，杀人如麻。"烽火连三年，家书抵亿金。"我是根本收不到家书的。家里的妻子老小，生死不知。我在这种内外交迫下，天天晚上失眠。偶尔睡上一点，也是噩梦迷离。有时候梦到在祖国吃花生米。可见我当时对吃的要求已经低到什么程度。几粒花生米，连龙肝凤髓也无法比得上了。

我的论文就是在这种情况下慢慢地写下去的。我想，应当在分析限定动词变化之前写上一篇有分量的长的绪论，说明"混合梵语"的来龙去脉以及《大事》的一些情况。我觉得，只有这样，论文才显得有气派。我翻看了大量用各种语言写成的论文，做笔记，写提纲。这个工作同做卡片同时并举，经过了大约一年多的时间，终于写成了一篇绪论，相当长。自己确实是费了一番心血的。"文章是自己的好"，我自我感觉良好，觉得文章分析源流，标列条目，洋洋洒洒，颇有神来之笔，值得满意的。我相信，这一举一定会给教授留下深刻印象，说不定还要把自己夸上一番。当时欧战方殷，教授从军回来短期休假。我就怀着这样的美梦，把绪论送给了他。美梦照旧做了下去。隔了大约一个星期，教授在研究所内把文章退还给我，脸上含有笑意，最初并没有说话。我心里咯噔一下，直觉感到情势有点不妙了。我打开稿子一看，没有任何改动。只是在第一行第一个字前面画上了一个前括号，在最后一行最后一个字后面画上了一个后括号。整篇文章就让一个括号括了起来，意思就是说，全不存在了。这真是"坚决、彻底、干净、全部"消灭掉了。我仿佛当头挨了一棒，茫然、憬然，不知所措。这时候教授才慢慢地开了口："你的文章费劲很大，引书不少。但是都是别人的意见，根本没有你自己的创见。看上去面面俱到，实际上毫无价值。你重复别人的话，又不完整准确。如果有人对你的文章进行挑剔，从任何地方都能对你加以抨击，而且我相信你根本无力还手。因此，我建议，把绪论统统删掉。在对限定动词进行分析以前，只写上几句说明就行了。"一席话说得我哑口无言，我无法反驳。这引起了我的激烈的思想斗争，心潮滚滚，冲得我头晕眼花。过了好一阵子，我的脑筋才清醒过来，仿佛做了黄粱一梦。我由衷地承认，教授的话是完全合情合理的。我由此体会到：写论文就应该是这个样子。

这是我一生第一次写规模比较大的学术论文，也是我第一次受到剧烈的打击。然而我感激这一次打击，它使我终生头脑能够比较清醒。没有创见，不要写文章，否则就是浪费纸张。有了创见写论文，也不要下笔千言，离题万里。空洞的废话少说不说为宜。我现在也早就有了学生了。我也把我从瓦尔德施米特教授那里接来的衣钵传给了他们。

我的回忆就写到这里为止。这样一个好题目，我本来希望能写出一篇像样的东西。但是却是事与愿违，文章不怎么样。差幸我没有虚构，全是大实话，这对青年们也许还不无意义吧。

1987年3月18日晨

重返哥廷根

　　我真是万万没有想到，经过了三十五年的漫长岁月，我又回到这个离开祖国几万里的小城里来了。

　　我坐在从汉堡到哥廷根的火车上，我简直不敢相信这是事实。难道是一个梦吗？我频频问着自己。这当然是非常可笑的，这毕竟就是事实。我脑海里印象历乱，面影纷呈。过去三十多年来没有想到的人，想到了；过去三十多年来没有想到的事，想到了。我那一些尊敬的老师，他们的笑容又呈现在我眼前。我那像母亲一般的女房东，她那慈祥的面容也呈现在我眼前。那个宛宛婴婴的女孩子伊尔穆嘉德，也在我眼前活动起来。那窄窄的街道、街道两旁的铺子、城东小山的密林、密林深处的小咖啡馆、黄叶丛中的小鹿，甚至冬末春初时分从白雪中钻出来的白色小花雪钟，还有很多别的东西，都一齐争先恐后地呈现到我眼前来。一霎时，影像纷乱，我心里也像开了锅似的激烈地动荡起来了。

　　火车一停，我飞也似的跳了下去，踏上了哥廷根的土地。忽然有一首诗涌现出来：

　　　　少小离家老大回，

　　　　乡音无改鬓毛衰。

　　　　儿童相看不相识，

　　　　笑问客从何处来。

　　怎么会涌现这样一首诗呢？我一时有点茫然、懵然。但又立刻意识到，这一座只有十来万人的异域小城，在我的心灵深处，早已成为我的第二故乡了。我曾在这里度过整整十年，是风华正茂的十年。我的足迹印遍了全城的每一寸土地。我曾在这里快乐过，苦恼过，追求过，幻灭过，动摇过，坚持过。这一座小城实际上决定了我一生要走的道路。这一切都不可避免地要在我的心灵上打上永不磨灭的烙印。我在下意识中把它看作第二故乡，不是非常自然的吗？

　　我今天重返第二故乡，心里面思绪万端，酸甜苦辣，一齐涌上心头。感情上有一种莫名其妙的重压，压得我喘不过气来，似欣慰，似惆怅，似追悔，似向往。小城几乎没有变。市政厅前广场上矗立的有名的抱鹅女郎的铜像，同三十五年前一模一样。一群鸽子仍然像从前一样在铜像周围徘徊，悠然自得。说不定什么时候一声呼哨，飞上了后面大礼拜堂的尖顶。我仿佛昨天才离开这里，今天又回来了。我们走下地下室，到地下餐厅去吃饭。里面陈设如旧，座位如旧，灯光如旧，气氛如旧。连那年轻的服务员也仿佛是当年的那一位。我仿佛昨天晚上才在这里吃过饭。广场周围的大小铺子都没有变。那几家著名的餐馆，什么"黑熊""少爷餐厅"等等，都还在原地。那两家书店也都还在原地。总之，我看到的一切都同原来一模一样。我真的离开这座小城已经三十五年了吗？

但是，正如中国古人所说的，江山如旧，人物全非。环境没有改变，然而人物却已经大大地改变了。我在火车上回忆到的那一些人，有的如果还活着的话年龄已经过了一百岁。这些人的生死存亡就用不着去问了。那些计算起来还没有这样老的人，我也不敢贸然去问，怕从被问者的嘴里听到我不愿意听的消息。我只绕着弯子问上那么一两句，得到的回答往往不得要领，模糊得很。这不能怪别人，因为我的问题就模糊不清。我现在非常欣赏这种模糊，模糊中包含着希望。可惜就连这种模糊也不能完全遮盖住事实。结果是：

访旧半为鬼，

惊呼热中肠。

我只能在内心里用无声的声音来惊呼了。

在惊呼之余，我仍然坚持怀着沉重的心情去访旧。首先我要去看一看我住过整整十年的房子。我知道，我那母亲般的女房东欧朴尔太太早已离开了人世。但是房子却还存在。那一条整洁的街道依旧整洁如新。从前我经常看到一些老太太用肥皂来洗刷人行道，现在这人行道仍然像是刚才洗刷过似的，躺下去打一个滚，决不会沾上一点尘土。街拐角处那一家食品商店仍然开着，明亮的大玻璃窗子里面陈列着五光十色的食品。主人却不知道已经换了第几代了。

我走到我住过的房子外面，抬头向上看，看到三楼我那一间房子的窗户，仍然同以前一样摆满了红红绿绿的花草，当然不是出自欧朴尔太太之手。我蓦地一阵恍惚，仿佛我昨晚才离开，今天又回家来了。我推开大门，大步流星地跑上三楼。我没有用钥匙去开门，因为我意识到，现在里面住的是另外一家人了。从前这座房子的女主人恐怕早已安息在什么墓地里了，墓上大概也栽满了玫瑰花吧。我经常梦见这所房子，梦见房子的女主人，如今却是人去楼空了。我在这里度过的十年中，有愉快，有痛苦，经历过轰炸，忍受过饥饿。男房东逝世后，我多次陪着女房东去扫墓。我这个异邦的青年成了她身边的唯一的亲人，无怪我离开时她号啕痛哭。我回国以后，最初若干年，还经常通信。后来时移事变，就断了联系。我曾痴心妄想，还想再见她一面。而今我确实又来到了哥廷根，然而她却再也见不到，永远永远地见不到了。

我徘徊在当年天天走过的街头。这里什么地方都有过我的足迹。家家门前的小草坪上依然绿草如茵。今年冬雪来得早了一点。十月中，就下了一场雪。白雪、碧草、红花，相映成趣。鲜艳的花朵赫然傲雪怒放，比春天和夏天似乎还要鲜艳。我在一篇短文《海棠花》里描绘的那海棠花依然威严地站在那里。我忽然回忆起当年的冬天，日暮天阴，雪光照眼，我扶着我的吐火罗文和吠陀语老师西克教授，慢慢地走过十里长街。心里面感到凄清，但又感到温暖。回到祖国以后，每当下雪的时候，我便想到这一位像祖父一般的老人。回首前尘，已经有四十多年了。

我也没有忘记当年几乎每一个礼拜天都到的席勒草坪。它就在小山下面，是进山必由之路。当年我常同中国学生或者德国学生，在席勒草坪散步之后，就沿着弯曲的山径走上山去。曾登上俾斯麦塔，俯瞰哥廷根全城；曾在小咖啡馆里流连忘返；曾在大森林中茅亭下躲避暴雨；曾在深秋时分惊走觅食的小鹿，听它们脚踏落叶一路窸窸窣窣地逃走。甜蜜的回忆是写也写不完的。今天我又来到这里。碧草如旧，亭榭犹新。但是当年年轻的我已颓然一翁，而旧日游侣早已荡若云烟，有的离开了这个世界，有的远走高飞，到地球的另一半去了。此情此景，人非木石，能不感慨万端吗？

　　我在上面讲到江山如旧，人物全非。幸而还没有真正地全非。几十年来我昼思夜想最希望还能见到的人，最希望他们还能活着的人，我的"博士父亲"，瓦尔德施米特教授和夫人居然还都健在。教授已经是八十三岁高龄，夫人比他寿更高，是八十六岁。一别三十五年，今天重又会面，真有相见翻疑梦之感。老教授夫妇显然非常激动，我心里也如波涛翻滚，一时说不出话来。我们围坐在不太亮的电灯光下，杜甫的名句一下子涌上我的心头：

　　　　人生不相见，

　　　　动如参与商。

　　　　今夕复何夕？

　　　　共此灯烛光。

　　四十五年前我初到哥廷根，我们初次见面，以及以后长达十年相处的情景，历历展现在眼前。那十年是剧烈动荡的十年，中间插上了一个第二次世界大战，我们没有能过上几天好日子。最初几年，我每次到他们家去吃晚饭时，他那个十几岁的独生儿子都在座。有

一次教授同儿子开玩笑："家里有一个中国客人，你明天到学校去
又可以张扬吹嘘一番了。"哪里知道，大战一爆发，儿子就被征从
军，一年冬天，战死在北欧战场上。这对他们夫妇俩的打击，是无
法形容的。不久，教授也被征从军。他心里怎样想，我不好问，他
也不好说。看来是默默地忍受痛苦。他预定了剧院的票，到了冬天，
剧院开演，他不在家，每周一次陪他夫人看戏的任务，就落到我肩
上。深夜，演出结束后，我要走很长的道路，把师母送到他们山下
林边的家中，然后再摸黑走回自己的住处。在很长的时间内，他们
那一座漂亮的三层楼房里，只住着师母一个人。

　　他们的处境如此，我的处境更要糟糕。烽火连年，家书亿金。
我的祖国在受难，我的全家老老小小在受难，我自己也在受难。中
夜枕上，思绪翻腾，往往彻夜不眠。而且头上有飞机轰炸，肚子里
没有食品充饥。做梦就梦到祖国的花生米。有一次我下乡去帮助农
民摘苹果，报酬是几个苹果和五斤土豆。回家后一顿就把五斤土豆
吃了个精光，还并无饱意。

　　大概有六七年的时间，情况就是这个样子。我的学习、写论
文、参加口试、获得学位，就是在这种情况下进行的。教授每次回
家度假，都听我的汇报，看我的论文，提出他的意见。今天我会的
这一点点东西，哪一点不包含着教授的心血呢？不管我今天的成就
还是多么微小，如果不是他怀着毫不利己的心情对我这一个素昧平
生的异邦的青年加以诱掖教导的话，我能够有什么成就呢？所有这
一切我能够忘记得了吗？

　　现在我们又会面了。会面的地方不是在我所熟悉的那一所房子
里，而是在一所豪华的养老院里。别人告诉我，他已经把房子赠给

哥廷根大学印度学和佛教研究所，把汽车卖掉，搬到这一所养老院里来了。院里富丽堂皇，应有尽有，健身房、游泳池，无不齐备。据说，饭食也很好。但是，说句不好听的话，到这里来的人都是七老八十的人，多半行动不便。对他们来说，健身房和游泳池实际上等于聋子的耳朵。他们不是来健身，而是来等死的。头一天晚上还在一起吃饭、聊天，第二天早晨说不定就有人见了上帝。一个人生活在这样的环境中，心情如何，概可想见。话又说了回来，教授夫妇孤苦伶仃，不到这里来，又到哪里去呢？

　　就是在这样一个地方，教授又见到了自己几十年没有见面的弟子。他的心情是多么激动，又是多么高兴，我无法加以描绘。我一下汽车就看到在高大明亮的玻璃门里面，教授端端正正地坐在圈椅上。他可能已经等了很久，正望眼欲穿哩。他瞪着慈祥昏花的双目瞧着我，仿佛想用目光把我吞了下去。握手时，他的手有点颤抖。他的夫人更是老态龙钟，耳朵聋，头摇摆不停，同三十多年前完全判若两人了。师母还专为我烹制了当年我在她家常吃的食品。两位老人齐声说："让我们好好地聊一聊老哥廷根的老生活吧！"他们现在大概只能用回忆来填充日常生活了。我问老教授还要不要中国关于佛教的书，他反问我："那些东西对我还有什么用呢？"我又问他正在写什么东西。他说："我想整理一下以前的旧稿；我想，不久就要打住了！"从一些细小的事情上来看，老两口的意见还是有一些矛盾的。看来这相依为命的一双老人的生活是阴沉的、郁闷的。在他们前面，正如鲁迅在《过客》中所写的那样："前面？前面，是坟。"

　　我心里陡然凄凉起来。老教授毕生勤奋，著作等身，名扬四海，受人尊敬，老年就这样度过吗？我今天来到这里，显然给他们带来了极大的快乐。一旦我离开这里，他们又将怎样呢？可是，我能永远在这里待下去吗？我真有点依依难舍，尽量想多待些时候。但是，千里凉棚，没有不散的筵席。我站起来，想告辞离开。老教授带着乞求的目光说："才十点多钟，时间还早嘛！"我只好重又坐下。最后到了深夜，我狠了狠心，向他们说了声："夜安！"站起来，告辞出门。老教授一直把我送下楼，送到汽车旁边，样子是难舍难分。此时我心潮翻滚，我明确地意识到，这是我们最后一面了。但是，为了安慰他，或者欺骗他，也为了安慰我自己，或者欺骗我自己，我脱口说了一句话："过一两年，我再回来看你！"声音从自己嘴里传到自己耳朵，显得空荡、虚伪，然而却又真诚。这真诚感动了老教授，他脸上现出了笑容："你可是答应了我了，过一两年再回来！"我还有什么话好说呢？我噙着眼泪，钻进了汽车。汽车开走时，回头看到老教授还站在那里，一动也不动，活像是一座塑像。

　　过了两天，我就离开了哥廷根。我乘上了一列开到另一个城市去的火车。坐在车上，同来时一样，我眼前又是面影迷离，错综纷杂。我这两天见到的一切人和物，一一奔凑到我的眼前来；只是比来时在火车上看到的影子清晰多了，具体多了。在这些迷离错乱的面影中，有一个特别清晰、特别具体、特别突出，它就是我在前天夜里看到的那一座塑像。愿这一座塑像永远停留在我的眼前，永远停留在我的心中。

1980年11月在西德开始
1987年10月在北京写完

梦萦未名湖

北京大学正在庆祝九十周年华诞。对一个人来说，九十周年是一个很长的时期，就是所谓耄耋之年。自古以来，能够活到这个年龄的只有极少数的人。但是，对一个大学来说，九十周年也许只是幼儿园阶段。北京大学肯定还要存在下去的，两百年，三百年，一千年，甚至更长的时期。同这样长的时间相比，九十周年难道还不就是幼儿园阶段吗？

我们的校史，还有另外一种计算方法，那就是从汉代的太学算起。这绝非我的发明创造，国外不乏先例。这样一来，我们的校史就要延伸到两千来年，要居世界第一了。就算是两千来年吧，我们的北大还要照样存在下去的，也许三千年，四千年，谁又敢说不行呢？同将来的历史比较起来，活了两千年也只能算是如日中天，我们的学校远远没有达到耄耋之年。

一个大学的历史存在于什么地方呢？在书面的记载里，在建筑的实物上，当然是的。但是，它同样也存在于人们的记忆中。相对而言，存在于人们的记忆中，时间是有限的，但它毕竟是存在，而且这个存在更具体、更生动、更动人心魄。在过去九十年中，从北京大学毕业的人数无法统计，每个人都有自己的对母校的回忆。在这些人中，有许多在中国近代史上非常显赫的名字。离开这一些人，中国近代史的写法恐怕就要改变。这当然只是极少数人。其他绝大多数的人，尽管知名度不尽相同，也都在自己的工作岗位上，对祖国的建设事业作出了自己的贡献。他们个人的情况错综复杂，他们的工作岗位五花八门。但是，我相信，有一点却是共同的：他们都没有忘记自己的母校北京大学。母校像是一块大磁石吸引住了他们的心，让他们那记忆的丝缕永远同母校挂在一起：挂在巍峨的红楼上面，挂在未名湖的湖光塔影上面，挂在燕园的四时不同的景光上面：春天的桃杏藤萝，夏天的绿叶红荷，秋天的红叶黄花，冬天的青松瑞雪；甚至临湖轩的修篁，红湖岸边的古松，夜晚大图书馆的灯影，绿茵上飘动的琅琅书声，所有这一切无不挂上校友们回忆的丝缕，他们的梦永远萦绕在未名湖畔。《沙恭达罗》里面有一首著名的诗：

你无论走得多么远也不会走出了我的心，
黄昏时刻的树影拖得再长也离不开树根。

北大校友们不完全是这个样子吗！

　　至于我自己，我七十多年的一生（我只是说到目前为止，并不想就要做结论），除了当过一年高中国文教员，在国外工作了几年以外，唯一的工作岗位就是北京大学，到现在已经四十多年了，占了我一生的一半还要多。我于1946年深秋回到故都，学校派人到车站去接。汽车行驶在十里长街上，凄风苦雨，街灯昏黄，我真有点悲从中来。我离开故都已经十几年了，身处万里以外的异域，作为一个海外游子经常给自己描绘重逢的欢悦情景。谁又能想到，重逢竟是这般凄苦！我心头不由自主地涌出了两句诗："西风凋碧树，落叶满长安（长安街也）。"我心头有一个比深秋更深秋的深秋。

　　到了学校以后，我被安置在红楼三层楼上。在日寇占领时期，红楼驻有日寇的宪兵队，地下室就是行刑杀人的地方，传说里面有鬼叫声。我从来不相信有什么鬼神。但是，在当时，整个红楼上下五层，寥寥落落，只住着四五个人，再加上电灯不明，在楼道的薄暗处真仿佛有鬼影飘忽。走过长长的楼道，听到自己的足音回荡，颇疑非置身人间了。

　　但是，我怕的不是真鬼，而是假鬼，这就是决不承认自己是魔鬼的国民党特务，以及由他们纠集来的当打手的天桥的地痞流氓。当时国民党反动派正处在垂死挣扎阶段。号称北平解放区的北大的民主广场成了他们的眼中钉、肉中刺。红楼又是民主广场的屏障，于是就成了他们进攻的目标。他们白天派流氓到红楼附近来捣乱，晚上还想伺机进攻。住在红楼的人逐渐多起来了。大家都提高警惕，注意动静。我记得有几次甚至想用椅子堵塞红楼主要通道，防备坏蛋冲进来。这样紧张的气氛颇延续了一段时间。

　　延续了一段时间，恶魔们终于也没能闯进红楼，而北平却解放了。我于此时真正是耳目为之一新。这件事把我的一生明显地分成了两个阶段。从此以后，我的回忆也截然分成了两个阶段：一段是魑魅横行，黑云压城；一段是魍魉现形，天日重明。二者有天渊之别、云泥之分。北大不久就迁至城外有名的燕园中，我当然也随学校迁来，一住就住了将近四十年。我的记忆的丝缕会挂在红楼上面，会挂在截然不同的两个世界上，这是不言自喻的。

一住就是四十年，天天面对未名湖的湖光塔影。难道我还能有什么回忆的丝缕要挂在湖光塔影上面吗？别人认为没有，我自己也认为没有。我住房的窗子正面对未名湖畔的宝塔。一抬头，就能看到高耸的塔尖直刺蔚蓝的天空。层楼栉比，绿树历历，这一切都是活生生的现实，一睁眼，就明明白白能够看到，哪里还用去回忆呢？

然而，世事多变。正如世界上没有一条完全平坦笔直的道路一样，我脚下的道路也不可能是完全平坦笔直的。在魍魉现形、天日重明之后，新生的魑魅魍魉仍然可能出现。我在美丽的燕园中，同一些正直善良的人们在一起，又经历了一场群魔乱舞、黑云压城的特大暴风骤雨。这在中国人民的历史上是空前的（我但愿它也能绝后）！我同一些善良正直的人们被关了起来，一关就是八九个月。但是，终于又像"凤凰涅槃"一般，活了下来。遗憾的是，燕园中许多美好的东西遭到了破坏。许多楼房外面墙上的"爬山虎"，那些有一二百年寿命的丁香花、在北京城颇有一点名气的西府海棠、繁荣茂盛了三四百年的藤萝，都坚决、彻底、干净、全部地被消灭了。为什么世间一些美好的花草树木也竟像人一样成了"反革命"，成了十恶不赦的罪犯呢？我百思不得其解。

我自己总算侥幸活了下来。但是，这一些为人们所深深喜爱的花草树木，却再也不能见到了。如果它们也有灵魂的话（我希望它们有！），这灵魂也决不会离开美丽的燕园。月白风清之夜，它们也会流连于未名湖畔湖光塔影中吧！如果它们能回忆的话，它们回忆的丝缕也会挂在未名湖上吧！可惜我不是活神仙，起死无方，回生乏术。它们消逝了，永远消逝了。这里用得上一句旧剧的戏词："要相会，除非是梦里团圆。"

　　到了今天，这场噩梦早已消逝得无影无踪。我又经历了一次魑魅现形，天日重明的局面。我上面说到，将近四十年来，我一直住在燕园中、未名湖畔，我那记忆的丝缕用不着再挂在未名湖上。然而，那些被铲除的可爱的花草时来入梦。我那些本来应该投闲置散的回忆的丝缕又派上了用场。它挂在苍翠繁茂的爬山虎上，芳香四溢的丁香花上，红绿皆肥的西府海棠上，葳蕤茂密的藤萝花上。这样一来，我就同那些离开母校的校友一样，也梦萦未名湖了。

　　尽管我们目前还有这样那样的困难，但是我们未来的道路将会越走越宽广。我们今天回忆过去，绝不仅仅是发思古之幽情。我们回忆过去是为了未来。愿普天之下的北大校友：国内的、海外的、男的、女的、老的、少的，什么时候也不要割断你们对母校的回忆的丝缕，愿你们永远梦萦未名湖，愿我们大家在十年以后都来庆祝母校的百岁华诞。"但愿人长久，千里共婵娟！"

1988年1月3日

月是故乡明

　　每个人都有个故乡，人人的故乡都有个月亮。人人都爱自己故乡的月亮。事情大概就是这个样子。

　　但是，如果只有孤零零一个月亮，未免显得有点孤单。因此，在中国古代诗文中，月亮总有什么东西当陪衬，最多的是山和水，什么"山高月小""三潭印月"等等，不可胜数。

　　我的故乡是在山东西北部大平原上。我小的时候，从来没有见过山，也不知山为何物，我曾幻想，山大概是一个圆而粗的柱子吧，顶天立地，好不威风。以后到了济南，才见到山，恍然大悟：山原来是这个样子呀。因此，我在故乡里望月，从来不同山联系。像苏东坡说的"月出于东山之上，徘徊于斗牛之间"，完全是我无法想象的。

　　至于水，我的故乡小村却大大地有。几个大苇坑占了小村面积一多半。在我这个小孩子眼中，虽不能像洞庭湖"八月湖水平"那样有气派，但也颇有一点烟波浩渺之势。到了夏天，黄昏以后，我在坑边的场院里躺在地上，数天上的星星。有时候在古柳下面点起篝火，然后上树一摇，成群的知了飞落下来。比白天用嚼烂的麦粒去粘要容易得多。我天天晚上乐此不疲，天天盼望黄昏早早来临。

到了更晚的时候，我走到坑边，抬头看到晴空一轮明月，清光四溢，与水里的那个月亮相映成趣。我当时虽然还不懂什么叫诗兴，但也顾而乐之，心中油然有什么东西在萌动。有时候在坑边玩很久，才回家睡觉。在梦中见到两个月亮叠在一起，清光更加晶莹澄澈。第二天一早起来，到坑边苇子丛里去捡鸭子下的蛋，白白地一闪光，手伸向水中，一摸就是一个蛋。此时更是乐不可支了。

我只在故乡待了六年，以后就离乡背井，漂泊天涯。在济南住了十多年，在北京度过四年，又回到济南待了一年。然后在欧洲住了近十一年，重又回到北京，到现在已经四十多年了。在这期间，我曾到过世界上将近三十个国家。我看过许许多多的月亮。在风光旖旎的瑞士莱芒湖上，在平沙无垠的非洲大沙漠中，在碧波万顷的大海中，在巍峨雄奇的高山上，我都看到过月亮，这些月亮应该说都是美妙绝伦的，我都异常喜欢。但是，看到它们，我立刻就想到我故乡中那个苇坑上面和水中的那个小月亮。对比之下，无论如何我也感到，这些广阔世界的大月亮，万万比不上我那心爱的小月亮。不管我离开我的故乡多少万里，我的心立刻就飞来了。我的小月亮，我永远忘不掉你！

我现在已经年近耄耋。住的朗润园是燕园胜地。夸大一点说，此地有茂林修竹，绿水环流，还有几座土山，点缀其间。风光无疑是绝妙的。前几年，我从庐山休养回来，一个同在庐山休养的老朋友来看我。他看到这样的风光，慨然说："你住在这样的好地方，还到庐山去干吗呢！"可见朗润园给人印象之深。此地既然有山，有水，有树，有竹，有花，有鸟，每逢望夜，一轮当空，月光闪耀于碧波之上，上下空蒙，一碧数顷，而且荷香远溢，宿鸟幽鸣，真不能不说是赏月胜地。荷塘月色的奇景，就在我的窗外。不管是谁来到这里，难道还能不顾而乐之吗？

　　然而，每值这样的良辰美景，我想到的却仍然是故乡苇坑里的那个平凡的小月亮。见月思乡，已经成为我经常的经历。思乡之病，说不上是苦是乐，其中有追忆，有惆怅，有留恋，有惋惜。流光如逝，时不再来。在微苦中实有甜美在。

　　月是故乡明。我什么时候能够再看到我故乡里的月亮呀！我怅望南天，心飞向故里。

1989年11月3日

野　火

　　天寒风急，风沙击面，镐下如雨，地坚如石。北梁子上正展开一场挖坑田的大战。这地方是一个山岗，四面都没有屏障。从八达岭上扫下来的狂风以惊人的力量和速度扑向这里，把人们吹得像水上的浮萍。而挖坑的活也十分艰苦。地面上松松的一层浮土，几镐刨下去，就露出了胶泥。这玩意儿是软硬不吃，一镐刨上仿佛是块硬橡皮，只显出一点浅浅的镐痕，却掉不下多少来。刨不了几下，人们的手就给震出了血，有的人连虎口都给震裂了。

　　往年在这数九寒天，人们早已停了地里的活，待在家里的热炕头上，搓搓棒子，干些轻活，等着过春节吃饺子了。最多也不过是到山上去打上几次柴，准备过春节的时候烧。这当然也不是什么重活。真没有想到，今年在这样的时候，在这样的天气中，来到这样一个地方，干这样扎手的活。

可是，那过去的老皇历一点也没有影响他们的情绪，他们个个精神抖擞，干劲冲天。在飞沙走石中，他们沉着，勇猛，身上的热气顶住了寒气，手下的镐声压住了风声。一团热烈紧张的气氛直冲九霄。

蓦地，不知是谁喊了一声：

"野火！"

是的，是野火。在远处的山麓上腾起一股浓烟，被大风吹得摇摇晃晃。最初并不大，但很快就扩散开来，有的地方还隐隐约约地露出了火苗。在烟火特别浓厚的地方，影影绰绰地看到有人在努力扑打。但是风助火势，火仗风威，被烧的地面越来越大。没有着火的地方是一片枯黄色，着过了火则是一片黑色。仿佛有人在那里铺开一张黑色的地毯，地毯边上镶着金边。只见金边迅速地扩大，转眼半个山麓就给这地毯铺满了。

这当然引起人们的注意。人们边刨地，边瞭望，指指点点，交换着意见。一个人说：

"这火下了山岗了。"

过了一会儿，又有人说：

"这火爬上另一个山岗了。"

再隔一会儿，又有人说：

"这火快到山沟了。"

他们以为沟会把火挡住，所以谁也没有动，仍然是边刨地，边瞭望，指指点点，交换着意见。

忽然，不知谁喊了一声："火已经过了山沟！"大家立刻一愣。原来过了沟就是一片苹果园。野火烧山草，这是比较常见的事。但是，让野火烧掉人民的财富，却是不允许的。大家几乎是在同一秒钟内，丢下手中的铁镐，扛起铁锹，向着野火，飞奔而去。

地势是忽高忽低崎岖不平的，还不知道有多少山沟，多少沙滩。地边上沟边上又长满了葛针，浑身是刺，在那里等候着人们。衣服碰上，会被撕破；手碰上，会被扎伤。可是这一群扛铁锹的人，却不管这一切，他们像是空中的飞将，跨涧越沟，来到了着火的地方。

这时候的风至少有七八级，这个山麓又正在风口上。狂风以雷霆万钧之力从山口里窜出来，从山岗上呼啸而过。疾风卷烈火，烈火焚枯草，一片黄色的草地转眼就变成了一片黑。你看到草尖上一点火、草茎上一点火、草根上一点火，一刹那就聚拢起来，形成一团火。你看到脚下一点火、身边一点火，一刹那就跑出去老远，像海滩上退潮那样，刚才在脚底下，冷不防就退了回去，要追也追不上。看样子，野火一定想把山岗烧遍，把苹果树烧光。可是人们并没有被它吓住，一定不让它过沟。有人用铁锹扑打，有人用衣服扑打，有人甚至用自己的手脚扑打，衣服烧着了，鞋子烧破了，手烧伤了，脸烧黑了。但是，野火再快，也不如人的腿快；风再硬，也不如人的心硬。大片的野火终于被扑灭了，只是无可奈何地冒着轻烟。

大家擦了擦脸上的黑灰，披上了烧破的衣服，扛起铁锹，谈笑风生地走回北梁子。没有一个人想到自己所受的损失：工分减少了，衣服撕破了，身体受伤了。他们也没有感到，这是什么了不起的事情。他们似乎认为，这是很自然的，很平常的，像每天吃饭睡觉那样平常。

这时候，风更大了，天更冷了，飞沙更多了。但是，在雨点般的铁锹的飞落下，胶泥却似乎变得软了起来，几锹就刨出一个坑来。成排成排的坑迅速地出现在田地上，好像有意要显示农民的英雄气概。同我共同劳动的这些农民，我应该说是非常熟悉的。我知道他们的姓名、爱好，也曾在他们家里吃过饭。平常日子我并没有感觉到他们身上有什么特异之处。可是今天，他们的形象在我眼内高大了起来。我想到毛主席的一句诗："遍地英雄下夕烟"。我眼前站着这样一群老实朴素的农民，不正是"遍地英雄"吗？

1966年2月17日

幽径悲剧

　　出家门，向右转，只有二三十步，就走进一条曲径。有二三十年之久，我天天走过这一条路，到办公室去。因为天天见面，也就成了司空见惯，对它有点漠然了。

　　然而，这一条幽径却是大大有名的。记得在50年代，我在故宫的一个城楼上，参观过一个有关《红楼梦》的展览。我看到由几幅山水画组成的组画，画的就是这一条路。足征这一条路是同这一部伟大的作品有某一些联系的。至于是什么联系，我已经记忆不清。留在我记忆中的只是一点印象：这一条平平常常的路是有来头的，不能等闲视之。

　　这一条路在燕园中是极为幽静的地方。学生们称之为"后湖"，他们很少到这里来的。我上面说它平平常常，这话有点语病，它其实是颇为不平常的。一面傍湖，一面靠山，蜿蜒曲折，实有曲径通幽之趣。山上苍松翠柏，杂树成林。无论春夏秋冬，总有翠色在目。不知名的小花，从春天开起，过一阵换一个颜色，一直开到秋末。到了夏天，山上一团浓绿，人们仿佛是在一片绿雾中穿行。林中小鸟，枝头鸣蝉，仿佛互相应答。秋天，枫叶变红，与苍松翠柏，相映成趣，凄清中又饱含浓烈。几乎让人不辨四时了。

小径另一面是荷塘，引人注目主要是在夏天。此时绿叶接天，红荷映日。仿佛从地下深处爆发出一股无比强烈的生命力，向上，向上，向上，欲与天公试比高，真能使懦者立怯者强，给人以无穷的感染力。

不管是在山上，还是在湖中，一到冬天，当然都有白雪覆盖。在湖中，昔日的激滟的绿波为坚冰所取代。但是在山上，虽然落叶树都把叶子落掉，可是松柏反而更加精神抖擞，绿色更加浓烈，意思是想把其他树木之所失，自己一手弥补过来，非要显示出绿色的威力不行。再加上还有翠竹助威，人们置身其间，决不会感到冬天的萧索了。

这一条神奇的幽径，情况大抵如此。

在所有的这些神奇的东西中，给我印象最深、让我最留恋难忘的是一株古藤萝。藤萝是一种受人喜爱的植物。清代笔记中有不少关于北京藤萝的记述。在古庙中，在名园中，往往都有几棵寿达数百年的藤萝，许多神话故事也往往涉及藤萝。北大现住的燕园，是清代名园，有几棵古老的藤萝，自是意中事。我们最初从城里搬来的时候，还能看到几棵据说是明代传下来的藤萝。每年春天，紫色的花朵开得满棚满架，引得游人和蜜蜂猬集其间，成为春天一景。

但是，根据我个人的评价，在众多的藤萝中，最有特色的还是幽径的这一棵。它既无棚，也无架，而是让自己的枝条攀附在邻近的几棵大树的干和枝上，盘曲而上，大有直上青云之概。因此，从下面看，除了一段苍黑古劲像苍龙般的粗干外，根本看不出是一株藤萝。每年春天，我走在树下，眼前无藤萝，心中也无藤萝。然而一股幽香蓦地闯入鼻官，嗡嗡的蜜蜂声也袭入耳内，抬头一看，在一团团的绿叶中——根本分不清哪是藤萝叶，哪是其他树的叶子——，隐约看到一朵朵紫红色的花，颇有万绿丛中一点红的意味。直到此时，我才清晰地意识到这一棵古藤的存在，顾而乐之了。

经过了史无前例的"十年浩劫"，不但人遭劫，花木也不能幸免。藤萝们和其他一些古丁香树等等，被异化为"修正主义"，遭到了无情的诛伐。六院前的和红二三楼之间的那两棵著名的古藤，被坚决、彻底、干净、全部地消灭掉。是否也被踏上一千只脚，没有调查研究，不敢瞎说；永世不得翻身，则是铁一般的事实了。

茫茫燕园中，只剩下了幽径的这一棵藤萝了。它成了燕园中藤萝界的鲁殿灵光。每到春天，我在悲愤、惆怅之余，唯一的一点安慰就是幽径中这一棵古藤。每次走在它下面，嗅到淡淡的幽香，听到嗡嗡的蜂声，顿觉这个世界还是值得留恋的，人生还不全是荆棘丛。其中情味，只有我一个人知道，不足为外人道也。

然而，我快乐得太早了，人生毕竟还是一个荆棘丛，决不是到处都盛开着玫瑰花。今年春天，我走过长着这棵古藤的地方，我的眼前一闪，吓了一大跳：古藤那一段原来凌空的虬干，忽然成了吊死鬼，下面被人砍断，只留上段悬在空中，在风中摇曳。再抬头向上看，藤萝初绽出来的一些淡紫的成串的花朵，还在绿叶丛中微笑。

它们还没有来得及知道，自己赖以生存的根干已经被砍断，脱离了地面，再没有水分供它们生存了。它们仿佛成了失掉了母亲的孤儿，不久就会微笑不下去，连痛哭也没有地方了。

我是一个没有出息的人。我的感情太多，总是供过于求，经常为一些小动物、小花草惹起万斛闲愁。真正的伟人们是决不会这样的。反过来说，如果他们像我这样的话，也决不能成为伟人。我还有点自知之明，我注定是一个渺小的人，也甘于如此，我甘于为一些小猫小狗小花小草流泪叹气。这一棵古藤的灭亡在我心灵中引起的痛苦，别人是无法理解的。

从此以后，我最爱的这一条幽径，我真有点怕走了。我不敢再看那一段悬在空中的古藤枯干，它真像吊死鬼一般，让我毛骨悚然。非走不行的时候，我就紧闭双眼，疾趋而过。心里数着数：一，二，三，四，一直数到十。我估摸已经走到了小桥的桥头上，吊死鬼不会看到了，我才睁开眼走向前去。此时，我简直是悲哀至极，哪里还有什么闲情逸致来欣赏幽径的情趣呢？

但是，这也不行。眼睛虽闭，但耳朵是关不住的。我隐隐约约听到古藤的哭泣声，细如蚊蝇，却依稀可辨。它在控诉无端被人杀害。它在这里已经待了二三百年，同它所依附的大树一向和睦相处。它虽阅尽人间沧桑，却从无害人之意。每到春天，就以自己的花朵为人间增添美丽，焉知一旦毁于愚氓之手。它感到万分委屈，又投诉无门。它的灵魂死守在这里。每到月白风清之夜，它会走出来显圣的。在大白天，只能偷偷地哭泣。山头的群树，池中的荷花是对它深表同情的，然而又受到自然的约束，寸步难行，只能无言相对。在茫茫人世中，人们争名于朝，争利于市，哪里有闲心来关怀一棵古藤的生死呢？于是，它只有哭泣，哭泣，哭泣……

　　世界上像我这样没有出息的人，大概是不多的。古藤的哭泣声恐怕只有我一个能听到。在浩茫无际的大千世界上，在林林总总的植物中，燕园的这一棵古藤，实在渺小得不能再渺小了。你倘若问一个燕园中人，决不会有任何人注意到这一棵古藤的存在的，决不会有任何人关心它的死亡的，决不会有任何人为之伤心的。偏偏出了我这样一个人，偏偏让我住到这个地方，偏偏让我天天走这一条幽径，偏偏又发生了这样一个小小的悲剧；所有这一些偶然性都集中在一起，压到了我的身上。我自己的性格制造成的这一个十字架，只有我自己来背了。奈何，奈何！

　　但是，我愿意把这个十字架背下去，永远永远地背下去。

1992年9月13日

园花寂寞红

　　楼前右边，前临池塘，背靠土山，有几间十分古老的平房，是清代保卫八大园的侍卫之类的人住的地方。整整四十年以来，一直住着一对老夫妇：女的是德国人，北大教员；男的是中国人，钢铁学院教授。我在德国时，已经认识了他们，算起来到今天已经将近六十年了，我们算是老朋友了。三十年前，我们的楼建成，我是第一个搬进来住的。从那以后，老朋友又成了邻居。有些往来，是必然的。逢年过节，互相拜访，感情是融洽的。

　　我每天到办公室去，总会看到这个个子不高的老人，蹲在门前临湖的小花园里，不是除草栽花，就是浇水施肥；再就是砍几竿门前屋后的竹子，扎成篱笆。嘴里叼着半只雪茄，笑眯眯的。忙忙碌碌，似乎乐在其中。

　　他种花很有一些特点。除了一些常见的花以外，他喜欢种外国种的唐菖蒲，还有颜色不同的名贵的月季。最难得的是一种特大的牵牛，比平常的牵牛要大一倍，宛如小碗口一般。每年春天开花时，颇引起行人的注目。据说，此花来头不小。在北京，只有梅兰芳家里有，齐白石晚年以画牵牛花闻名全世，临摹的就是梅府上的牵牛花。

我是颇喜欢一点花的。但是我既少空闲，又无水平。买几盆名贵的花，总养不了多久，就呜呼哀哉。因此，为了满足自己的美感享受，我只能像北京人说的那样看"蹭"花。现在有这样神奇的牵牛花，绚丽夺目的月季和唐菖蒲，就摆在眼前，我焉得不"蹭"呢？每到下班或者开会回来，看到老友在侍弄花，我总要停下脚步，聊上几句，看一看花。花美，地方也美，湖光如镜，杨柳依依，说不尽的旖旎风光，人在其中，顿觉尘世烦恼，一扫而光，仿佛遗世而独立了。

但是，世事往往有出人意料者。两个月前，我忽然听说，老友在夜里患了急病，不到几个小时，就离开了人间。我简直不敢相信，然而这又确是事实。我年届耄耋，阅历多矣，自谓已能做到"悲欢离合总无情"了。事实上并不是这样。我有情，有多得超过了需要的情，老友之死，我焉能无动于衷呢？"当时只道是寻常"这一句浅显而实深刻的词，又萦绕在我心中。

几天来，我每次走过那个小花园，眼前总仿佛看到老友的身影，嘴里叼着半根雪茄，笑眯眯的，蹲在那里，侍弄花草。这当然只是幻象。老友走了，永远永远地走了。我抬头看到那大朵的牵牛花和多姿多彩的月季花，她们失去了自己的主人。朵朵都低眉敛目，一脸寂寞相，好像"溅泪"的样子。她们似乎认出了我，知道我是自己主人的老友，知道我是自己的认真入迷的欣赏者，知道我是自己的知己。她们在微风中摇曳，仿佛向我点头，向我倾诉心中郁积的寂寞。

现在才只是夏末秋初。即使是寂寞吧，牵牛和月季仍然能够开花的。一旦秋风劲吹，落叶满山，牵牛和月季还能开下去吗？再过一些时候，冬天还会降临人间的。到了那时候，牵牛们和月季们只能被压在白皑皑的积雪下面的土里，做着春天的梦，连感到寂寞的机会都不会有了。

明年，春天总会重返大地的。春天总还是春天，她能让万物复苏，让万物再充满了活力。但是，这小花园的月季和牵牛花怎样呢？月季大概还能靠自己的力量长出芽来，也许还能开出几朵小花。然而护花的主人已不在人间。谁为她们施肥浇水呢？等待她们的不仅仅是寂寞，而是枯萎和死亡。至于牵牛花，没有主人播种，恐怕连幼芽也长不出来。她们将永远被埋在地中了。

我一想到这里，不禁悲从中来。眼前包围着月季和牵牛花的寂寞，也包围住了我。我不想再看到春天，我不想看到春天来时行将枯萎的月季，我不想看到连幼芽都冒不出来的牵牛。我虔心默祷上苍，不要再让春天降临人间了。如果非降临不行的话，也希望把我楼前池边的这一个小花园放过去，让这一块小小的地方永远保留夏末秋初的景象，就像现在这样。

1992年8月30日

人间自有真情在

前不久，我写了一篇短文《园花寂寞红》，讲的是楼右前方住着的一对老夫妇，男的是中国人，女的是德国人。他们在德国结婚后，移居中国，到现在已将近半个世纪了。哪里想到，一夜之间，男的突然死去。他天天侍弄的小花园，失去了主人。几朵仅存的月季花，在秋风中颤抖，挣扎，苟延残喘，浑身凄凉、寂寞。

我每天走过那个小花园，也感到凄凉、寂寞。我心里总在想：到了明年春天，小花园将日益颓败，月季花不会再开。连那些在北京只有梅兰芳家才有的大朵的牵牛花，在这里也将永远永远地消逝了。我的心情很沉重。

昨天中午，我又走过这个小花园，看到那位接近米寿的德国老太太在篱笆旁忙活着。我走近一看，她正在采集大牵牛花的种子。这可真是件新鲜事儿。我在这里住了

三十年，从来没有见到过她侍弄过花。我曾满腹疑团：德国人一般
都是爱花的，这老太太真有点个别。可今天她为什么也忙着采集牵
牛花的种子呢？她老态龙钟，罗锅着腰，穿一身黑衣裳，瘦得像一
只螳螂。虽然采集花种不是累活，她干起来也是够呛的。我问她，
采集这个干什么？她的回答极简单："我的丈夫死了，但是他爱的
牵牛花不能死！"

　　我心里一亮，一下子顿悟出来了一个道理。她男人死了，一儿
一女都在德国。老太太在中国可以说是举目无亲。虽然说是入了中
国籍，但是在中国将近半个世纪，中国话说不了十句，中国饭吃不
惯。她好像是中国社会水面上的一滴油，与整个社会格格不入，平
常只同几个外国人和中国留德学生来往，显得很孤单。我常开玩笑
说：她是组织上入了籍，思想上并没有入。到了此时，老头已去，
儿女在外，返回德国，正其时矣。然而她却偏偏不走。道理何在呢？
我百思不得其解。现在，一个非常偶然的机会让我看到她采集大牵
牛花的种子。我一下子明白了：这一切都是为了死去的丈夫。

　　丈夫虽然走了，但是小花园还在，十分简陋的小房子还在。这
小花园和小房子拴住了她那古老的回忆，长达半个世纪的甜蜜的回
忆。这是他俩共同生活过的地方。为了忠诚于对丈夫的回忆，她不
肯离开，不忍离开。我能够想象，她在夜深人静时，独对孤灯。窗
外小竹林的窸窣声，穿窗而入。屋后土山上草丛中秋虫哀鸣。此外
就是一片寂静。丈夫在时，她知道对面小屋里还睡着一个亲人，使
自己不会感到孤独。然而现在呢，那个人突然离开自己，走了，永
远永远地走了。茫茫天地，好像只剩下自己孤零一人。人生至此，
将何以堪！设身处地，如果我处在她的位置上，我一定会马上离开

这里，回到自己的祖国，同儿女在一起，度过余年。

　　然而，这一位瘦得像螳螂似的老太太却偏偏不走，偏偏死守空房，死守这一个小花园。我知道：这一切都是为了死去的丈夫。

　　这一位看似柔弱实极坚强的老太太，已经走到了人生的尽头。这一点恐怕她比谁都明白。然而她并未绝望，并未消沉。她还是浑身洋溢着生命力，在心中对未来还充满了希望。她还想到明年春天，她还想到牵牛花，她眼前一定不时闪过春天小花园杂花竞芳的景象。谁看到这种情况会不受到感动呢？我想，牵牛花而有知，到了明年春天，虽然男主人已经不在了，但它一定会精神抖擞，花朵一定会开得更大、更大，颜色一定会更鲜、更艳。

1992年9月20日

1995年元旦抒怀

——求仁而得仁，又何怨!

是不是自己的神经出了点毛病？最近几年以来，心里总想成为一个悲剧性人物。

六十年前，我在清华大学念书的时候，有一门课叫作"当代长篇小说"。英国老师共指定了五部书，都是当时在世界上最流行的，像今天名震遐迩的乔伊斯的《尤利西斯》和普鲁斯特的《追忆逝水年华》都包括在里面。这些书我都似懂非懂地读过了，考试及格了，便一股脑儿还给了老师，脑中一片空白，连故事的影子都没有了。

独独有一部书是例外，这就是英国作家哈代的 *The Return of the Native*（《还乡》）。但也只记住了一个母亲的一句话："我是一个被儿子遗弃了的老婆子！"我觉得这个母亲的处境又可怜，又可羡。怜容易懂，羡又从何来呢？人生走到这个地步，也并不容易。在人生的道路上，每一个人都是孤独的旅客。与其舒舒服服，懵懵懂懂活一辈子，倒不如品尝一点不平常的滋味，似苦而实甜。

我这种心情有点变态，但我这个人是十分正常的。这大概同我当时的处境有关。离别了八年以后，我最爱的母亲突然离开了人世，走了。这对我是一个空前绝后的打击。我从遥远的故都奔丧回家。我真想取掉自己的生命，追陪母亲于地下。我们家住在村外，家中只有母亲一人。现在人去屋空。我每天在村内二大爷家吃过晚饭，在薄暮中拖着沉重的步子，踽踽独行，走回家来。大坑里的水闪着白光。柴门外卧着一团黑乎乎的东西，是陪伴母亲度过晚年的那一只狗。现在女主人一走，没人喂食。它白天到村内不知谁家蹭上一顿饭（也许根本蹭不上），晚上仍然回家，守卫着柴门，决不离开半步。它见了我，摇一摇尾巴，跟我走进院子。屋中正中停着母亲的棺材，里屋就是我一个人睡的土炕。此时此刻，万籁俱寂，只有这一条狗，陪伴着我，为母亲守灵。我心如刀割，抱起狗来，亲它的嘴，久久不能放下。人生至死，天道宁论！在茫茫宇宙间，仿佛只剩下了我和这一条狗了。

是我遗弃了母亲吗？不能说不是：你为什么竟在八年的长时间中不回家看一看母亲呢？不管什么理由，都是说不通的，我万死不能辞其咎。哈代小说中的母亲，同我母亲的情况是完全不一样的。然而其结果则是相同或者至少是相似的。我母亲不知多少次倚闾望子，不知多少次在梦中见儿子，然而一切枉然，终于含恨离去了。

我幻想成为一个悲剧性的人物，是不是与此有些关联呢？恐怕是有的。在我灵魂深处，我对母亲之死抱终天之恨，没有任何仙丹妙药能使它消泯。今生今世，我必须背负着这个十字架，我决不会再有什么任何形式的幸福生活。我不是一个悲剧性的人物又是什么呢？

然而我最近梦寐以求的悲剧性，又决非如此简单，我心目中的悲剧，决不是人世中的小恩小怨、小仇小恨。这些能够激起人们的同情与怜恤、慨叹与忧思的悲剧，不是我所想象的那种悲剧。我期望的究竟是什么样的悲剧呢？我好像一时也说不清楚。我大概期望的是类似能"净化"人们的灵魂的古希腊悲剧。相隔上万里，相距数千年，得到它又谈何容易啊！

然而我却于最近于无意中得之，岂不快哉！岂不快哉！这里面当然也有遗弃之类的问题。但并不是自己被遗弃，而是自己遗弃了别人。自己怎么会遗弃别人呢？不说也罢。总之，在我家庭中，老祖走了，德华走了，我的女儿婉如也走了。现在就剩下了我一个孤家寡人，赤条条来去无牵挂了。成为一个悲剧性的人物，条件都已具备，只待东风了。

孔子曰：求仁而得仁，又何怨！

1995年1月2日

天上人间

　　大家一看就知道，这个题目来自南唐李后主的词："流水落花春去也，天上人间。"这是表示他生活中巨大的落差的：从一个偏安的小君主一落而为宋朝的阶下囚，这落差真可谓大矣。我们平头老百姓是没有这些福气的。

　　但是，比这个较小的生活落差，我们还会有的。我现在已住在医院中，是赫赫有名的三〇一医院。这一所医院规模大、设备全、护士大夫水平高、敬业心强。

　　在这里治病，当然属于天上。

　　现在就让我在北京找一个人间的例子，我还真找不出来，因为我没有到过几家医院。

　　在这里，我只有乞灵于回忆了。

　　大约在六七十年以前，当时还在济南读书，父亲在故乡清平官庄病倒了。叔父和我不远数百里回老家探亲。父亲直挺挺地躺在土炕上，面色红润，双目甚至炯炯有光，只是不能说话。

那时候，清平官庄一带没有医生，更谈不到医院。只有北边十几里路的地方，有一个地主大庄园，这个地主被誉为医生。谁也不会去打听，他在哪里学的医。只要有人敢说自己是医生，百姓就趋之若鹜了，我当然不能例外。我从二大爷那里要了一辆牛车，隔几天上午就从官庄乘牛车，嘎悠嘎悠走十多里路去请大夫，决不会忘记在路上某一小村买一木盒点心。下午送大夫回家的时候，又不会忘记到某一小村去抓一服草药。

当时正是夏天，青纱帐茁起，正是绿林大王活动的好时候，青纱帐深处好像有许多只不怀好意的眼睛在瞅着我们，并不立即有什么行动，但是威胁是存在的。我并不为我自己担心，我贫无立锥之地，不管山大王或山小王，都不会对我感什么兴趣；但是坐在车里面的却有大地主身。平常时候，青纱帐一起，他就蛰伏在大庄园内，决不出门。现在为了给我这个大学生一个面子，冒险出来，给我父亲治病。

但是，结果怎样呢？结果是：暑假完了，父亲死了，牛车不再嘎悠了，点心匣子不再提了，秋收完毕，青纱帐消失了，地主可以安居大庄园里了。总之，父亲生病和去世这个过程，正好提供了一个与今天三〇一医院相反的例子。现在是天上，那时是人间。如此而已。

当时只道是寻常

　　这是一句非常明白易懂的话，却道出了几乎人人都有的感觉。所谓"当时"者，指人生过去的某一个阶段。处在这个阶段中时，觉得过日子也不过如此，是很寻常的。过了十几二十年或者更长的时间，回头一看，当时实在有不寻常者在。因此有人，特别是老年人，喜欢在回忆中生活。

　　在中国，这种情况更比较突出，魏晋时代的人喜欢做羲皇上人。这是一种什么心理呢？"鸡犬之声相闻，而老死不相往来"，真就那么好吗？人类最初不会种地，只是采集植物，猎获动物，以此为生。生活是十分艰苦的。这样的生活有什么可向往的呢！

　　然而，根据我个人的经验，发思古之幽情，几乎是每个人都有的。到了今天，沧海桑田，世界有多少次巨大的变化。人们思古的情绪却依然没变。我举一个具体的例子。十几年前，我重访了我曾待过十年的德国哥廷根。我的老师瓦尔德施米特教授夫妇都还健在。但已今非昔比，房子捐给梵学研究所，汽车也已卖掉。他们只有一个独生子，二战中阵亡。此时老夫妇二人孤零零地住在一座十分豪华的养老院里。院里设备十分齐全，游泳池、网球场等等一应俱全。但是，这些设备对七八十岁、八九十岁的老人有什么用处呢？让老人们触目惊心的是，每隔一段时间就有某一个房号空了出来，主人见上帝去了。这对老人们的刺激之大是不言而喻的。我的来临大出教授的意料，他简直有点喜不自胜的意味。夫人摆出了当年我在哥廷根时常吃的点心。教授仿佛返老还童，回到了当年去了。他笑着说："让我们好好地过一过当年过的日子，说一说当年常说的话！"我含着眼泪离开了教授夫妇，嘴里说着连自己都不相信的话："过几年，我还会来看你们的。"

我的德国老师不会懂"当时只道是寻常"的隐含的意蕴，但是古今中外人士所共有的这种怀旧追忆的情绪却是有的。这种情绪通过我上面描述的情况完全流露出来了。

仔细分析起来，"当时"是很不相同的。国王有国王的"当时"，有钱人有有钱人的"当时"，平头老百姓有平头老百姓的"当时"。在李煜眼中，"当时"是车如流水马如龙，花月正春风游上林苑的"当时"。对此，他没有别的办法，只有哀叹"天上人间"了。

我不想对这个概念再进行过多的分析。本来是明明白白的一点真理，过多的分析反而会使它迷离模糊起来。我现在想对自己提出一个怪问题：你对我们的现在，也就是眼前这个现在，感觉到是寻常呢还是不寻常？这个"现在"，若干年后也会成为"当时"的。到了那时候，我们会不会说"当时只道是寻常"呢？现在无法预言。现在我住在医院中，享受极高的待遇。应该说，没有什么不满足的地方。但是，倘若扪心自问："你认为是寻常呢，还是不寻常？"我真有点说不出，也许只有到了若干年后，我才能说："当时只道是寻常。"

2003年6月20日

假若我再上一次大学

　　"假若我再上一次大学"，多少年来我曾反复思考过这个问题。我曾一度得到两个截然相反的答案：一个是最好不要再上大学，"知识越多越反动"，我实在心有余悸；一个是仍然要上，而且偏偏还要学现在学的这一套。后一个想法最终占了上风，一直到现在。

　　我为什么还要上大学而又偏偏要学现在这一套呢？没有什么堂皇的理由。我只不过觉得，我走过的这一条道路，对己，对人，都还有点好处而已。我搞的这一套东西，对普通人来说，简直像天书，似乎无利于国计民生。然而世界上所有的科技先进国家，都有梵文、巴利文以及佛教经典的研究，而且取得了辉煌的成绩。这一套冷僻的东西与先进的科学技术之间，真似乎有某种联系。其中消息耐人寻味。

我们不是提出了弘扬祖国优秀文化，发扬爱国主义吗？这一套天书确实能同这两句口号挂上钩，我举一个具体的例子。日本梵文研究的泰斗中村元博士在给我的散文集日译本《中国知识人的精神史》写的序中说到，中国的南亚研究原来是相当落后的。可是近几年来，突然出现了一批中年专家，写出了一些水平较高的作品，让日本学者有"攻其不备"之感。这是几句非常有意思的话。实际上，中国梵学学者同日本同行们的关系是十分友好的。我们一没有"攻"，二没有争，只有坐在冷板凳上辛苦耕耘。有了一点成绩，日本学者看在眼里，想在心里，觉得过去对中国南亚研究的评价过时了。我觉得，这里面既包含着"弘扬"，也包含着"发扬"。怎么能说，我们这一套无补于国计民生呢？

话说远了，还是回来谈我们的本题。

我的大学生活是比较长的：在中国念了四年，在德国哥廷根大学又念了五年，才获得学位。我在上面所说的"这一套"就是在国外学到的。我在国内时，对"这一套"就有兴趣。但苦无机会。到了哥廷根大学，终于找到了机会，我简直如鱼得水，到现在已经坚持学习了将近六十年。如果马克思不急于召唤我，我还要坚持学下去的。

如果想让我谈一谈在上大学期间我收获最大的是什么，那是并不困难的。在德国学习期间有两件事情是我毕生难忘的，这两件事都与我的博士论文有关联。

我想有必要在这里先谈一谈德国的与博士论文有关的制度。当我在德国学习的时候，德国并没有规定学习的年限。只要你有钱，你可以无限期地学习下去。德国有一个词儿是别的国家没有的，这就是"永恒的大学生"。德国大学没有空洞的"毕业"这个概念，只有博士论文写成，口试通过，拿到博士学位，这才算是毕了业。

　　写博士论文也有一个形式上简单而实则极严格的过程，一切决定于教授。在德国大学里，学术问题是教授说了算。德国大学没有入学考试，只要高中毕业，就可以进入任何大学。德国学生往往是先入几个大学，过了一段时间以后，自己认为某个大学、某个教授，对自己最适合，于是才安定下来，在一个大学，从某一位教授学习。先听教授的课，后参加他的研讨班。最后教授认为你"孺子可教"，才会给你一个博士论文题目。再经过几年的努力，收集资料，写出论文提纲，经过教授过目。论文写成的年限没有规定，至少也要三四年，长则漫无限制。拿到题目十年八年写不出论文，也不是稀见的事。所有这一切都决定于教授，院长、校长无权过问。写论文，他们强调一个"新"字，没有新见解，就不必写文章。见解不论大小，唯新是图。论文题目不怕小，就怕不新。我个人觉得，这是非常重要的一点。只有这样，学术才能"日日新"，才能有进步。否则满篇陈言，东抄西抄，饾饤拼凑，尽是冷饭。虽洋洋数十甚至数百万言，除了浪费纸张、浪费读者的精力以外，还能有什么效益呢？

　　我拿到博士论文题目的过程，基本上也是这样。我拿到了一个有关佛教混合梵语的题目。用了三年的时间，搜集资料，写成卡片，又到处搜寻有关图书，翻阅书籍和杂志，大约看了总有一百多种书刊。然后整理资料，使之条理化、系统化，写出提纲，最后写成文章。

　　我个人心里琢磨：怎样才能向教授露一手儿呢？我觉得那几千张卡片虽然抄写得好像蜜蜂采蜜，极为辛苦；然而却是干巴巴的，没有什么文采，或者无法表现文采。于是我想在论文一开始就写上一篇"导言"，这既能炫学，又能表现文采。真是一举两得的绝妙主意，我照此办理。费了很长的时间，写成一篇相当长的"导言"。我自我感觉良好，心里美滋滋的。认为教授一定会大为欣赏，说不定还会夸上几句哩。我先把"导言"送给教授看，回家做着美妙的梦。我等呀，等呀，终于等到教授要见我，我怀着走上领奖台的心情，见到了教授。然而却使我大吃一惊。教授在我的"导言"前画上了一个前括号，在最后画上了一个后括号，笑着对我说："这篇导言统统不要！你这里面全是华而不实的空话，一点新东西也没有！别人要攻击你，到处都是暴露点，一点防御也没有！"对我来说，这真如晴天霹雳，打得我一时说不上话来。但是，经过自己的反思，我深深地感觉到，教授这一棍打得好，我毕生受用不尽。

第二件事情是，论文完成以后，口试接着通过，学位拿到了手。论文需要从头到尾认真核对，不但要核对从卡片上抄入论文的篇、章、字、句，而且要核对所有引用过的书籍、报纸和杂志。要知道，在三年以内，我从大学图书馆，甚至从柏林的普鲁士图书馆，借过大量的书籍和报刊，耗费了大量的时间。当时就感到十分烦腻。现在再在短期内，把这样多的书籍重新借上一遍，心里要多腻味就多腻味。然而老师的教导不能不遵行，只有硬着头皮，耐住性子，一本一本地借，一本一本地查。把论文中引用的大量出处重新核对一遍，不让它发生任何一点错误。

后来我发现，德国学者写好一本书或者一篇文章，在读校样的时候，都是用这种办法来一一仔细核对。一个研究室里的人，往往都参加看校样的工作。每人一份校样，也可以协议分工。他们是以集体的力量，来保证不出错误。这个法子看起来极笨，然而除此以外，还能有"聪明的"办法吗？德国书中的错误之少，是举世闻名的。有的极为复杂的书竟能一个错误都没有，连标点符号都包括在里面。读过校样的人都知道，能做到这一步，是非常非常不容易的。德国人为什么能做到呢？他们并非都是超人的天才，他们比别人高出一头的诀窍就在于他们的"笨"。我想改几句中国古书上的话：德国人其智可及也，其笨（愚）不可及也。

反观我们中国的学术界，情况则颇有不同。在这里有几种情况。中国学者博闻强识，世所艳称。背诵的本领更令人吃惊。过去有人能背诵四书五经，据说还能倒背。写文章时，用不着去查书，顺手写出，即成文章。但是记忆力会时不时出点问题的。中国近代一些大学者的著作，若加以细致核对，也往往有引书出错的情况。这是出上乘的错。等而下之，作者往往图省事，抄别人的文章时，也不去核对，于是写出的文章经不起核对。这是责任心不强，学术良心不够的表现。还有更坏的就是胡抄一气。只要书籍文章能够印出，哪管他什么读者！名利到手，一切不顾。我国的书评工作又远远跟不上。即使发现了问题，也往往"为贤者讳"怕得罪人，一声不吭。在我们当前的学术界，这种情况能说是稀少吗？我希望我们的学术界能痛改这种极端恶劣的作风。

我上了九年大学，在德国学习时，我自己认为收获最大的就是以上两点。也许有人会认为这卑之无甚高论。我不去争辩。我现在年届耄耋，如果年轻的学人不弃老朽，问我有什么话要对他们讲，我就讲这两点。

1991年5月5日于北京大学